陈卫 著

保护才能

所有过早因耽于书本而致虚无的人最需要的乃是进一步以行动碎开自己，以行动而非书本予自身感觉和建设。需要奔走，需要孤独长旅。

中国长安出版社

保护才能（代序）

保护才能实际上从来都不是一个小问题，只是在中国作者中没有受到该有的重视，这是我们长期缺乏良好的艺术教育、创作环境、批评传承甚至人际相处等因素所致，这也直接导致中国作者在一定年龄一定境遇下几乎会一致地出现转变：所谓的“少年天才”往往如雨后春笋，而“老而弥坚”则硕果难存；并且这一转变为大家所默认。

这个问题涉及的话题看似简单实则复杂，针对它详细分析的计划目前令我不适，这里只根据自身经验和感悟扼要地列些提纲而不作赘释。有必要强调的是：（1）这些提纲的“环境”均建立在“中国当下”——至少包括以前二十年、以后三十年——的背景之上。（2）作为强者，要么对下列问题早有警醒，要么什么也伤害不了他，因此完全可以省下时间不看这些废话。

1. 除非你有十足的自信认为上班不会伤害你的创作，否则请尽量不要上班。

2. 媒体（记者、新闻写作）、大学教育、出版社编辑等职业，如果是最适合你的职业，这没问题，但如果认为它们是众多职业中最接近而适宜文学写作的职业，则错误而反动，一如认为广告设计、动画制作等职业最接近而适宜视觉创作。

3. 当你升起“先解决生计，再开始创作”的念头，意味着你最危险的时刻来临。必须保持“无论生计怎样，都必须创作”的信念。

4. 不要把写作的快乐建立在你的文字给你带来了经济利益或获奖所得的名誉之上。

5. 不要以你的文字或其他艺术样式体现你的政治意识。除非你认为你的相关创作超越了作为政治事件的政治性，或者以符合政治要求的实际行动体现政治意识。认为“文以载道”的“道”是改变政治改变现实之“道”，是可怕而危险的，并且这些可怕和危险作者大多不能自知。

6. 不要因为你创作的快感而夸大你创作之外的其他领域的能力。创作之内，你只是这个队伍中的一个果农；创作之外，你更是一个和农民一样的平凡之人。

7. 不要因为友情而误认为你的朋友比其他人的创作能力都高，并因此而认为自己生长在一个最优秀的朋友团队，同时因此自己也优秀。但这不是否认朋友的作用和价值。

8. 当你升起“先以写作获得成功，再从事自己想要从事的‘艺术的’创作”的念头，危险同样诞生。这和塔尔可夫斯基所说的“导演和小偷”的比方是一个道理；有人认为极端，实质是他不理解艺术比现实脆弱，艺术又比法律还要苛刻，因此艺术需要极端意识进行保护。

9. 如果不必鄙视，至少也应该漠视成名，尤其是过早成名。漠视成名会让你在早年或长期承受寂寞（实际上那是应该而舒服的），但却是你看不见的保护你才能的温床。

10. 如果你对“作家”、“艺术家”的聚会不反感甚至热情高涨，你应该对你自己产生怀疑。

11. 正视别人、尤其是你的长辈对你的“赞赏”、“推荐”和“提携”。如果他的赞赏还附加了艺术之外的、特别是你反感履约的条件，他的赞赏和推荐都将值得怀疑。反之，如果他的赞赏和推荐除了艺术还是艺术，你却轻易放弃对他的信任，只能意味着你的昏聩和轻率。

12. 勇敢。一个艺术家“勇敢的道德”只针对其艺术，如果认为这样的勇敢可以放任扩散到艺术之外的生活的方方面面，——危言耸听地说：你的才能随时随地面临灭顶之灾。达·芬奇说：“正如勇敢危害生命，畏惧保护生命。”

13. 正直。在关键时刻以你的艺术良知维护一个不该受漠视而正被漠视的人，受益的并不仅仅是那个被你维护的人，而是你的才能。

14. 正直的另一含义是，自始至终地鄙视艺术圈里的混子、油子，自始至终地鄙视以艺术为牟取利益成功的人，但你所要做的并不是花力气和他们斗争，而是尽可能地远离他们。但要区别仅仅利用这些“油滑”观念进行创作的人。

15. 要树立你过去和今天所做的工作都是为你的将来所服务的意识。但这不是拖延当下作品完成的借口。而且这也只是意识，并不要求过去和今天对未来的作用一一明晰——如果那样，将违背艺术规律。

16. 不要信任文学或艺术中以作品之外的活动方式所进行的“革命”，特别是带有“宣言”的“革命”；不要崇拜这样的“革命者”；要抑制自己内心对这类“革命”的兴奋。同时，蔑视一切所谓的“文学政治”和“文坛权贵”，要坚信这些玩意只是恶性体制的腐蚀，当一定的经济因素注入文学市场，这些“文学政治”和“文坛权贵”将分崩离析。

17. 每天写作。哪怕很少，但最好每天都写。福楼拜说：“所谓灵感，就是每天定时坐到书桌前。”

18. 每天阅读（书或电影、音乐、视觉展览）。

19. 不要相信，尤其不要追随爱情，因为爱情只有很短的时间属于纯粹和真实；对爱情过分浪漫的追逐，将伤害创作者的脉动和辨别力。

20. 不一定有旅游的习惯，但最好经常到山上走走，看看水、田和树。

21. 结婚或同居后至少一半以上的时间保持独睡。

22. 锻炼身体。起床后尽快吃第一餐。

目　录

虚无之后[①]

1995—1997 手记 · 修学

一九九五年

1. 一个人必须经历长时间的对身外涌现的人事缺乏兴趣的生活，他才能拥有真正的、入骨的辨别真伪的能力。

2. 杜拉：她描写一种不可能的境况。她的人物（有时是她本人）正在经历的，尽是不可能成功或无法解决的事。尽管事先就知道结局，但是他们不相信。他们还要做。一直做到失败的结局很明显地露出来，一直做到他们实在坚持不了的时候。事实上，她始终只写下两个字：挣扎。《琴声如诉》、《广岛之恋》、《长别离》，都是“不可能的爱情”。还有一种：在无止境、结果不明的等待之下的挣扎。如《痛苦》、《昂代斯玛先生的午后》。后者更多的是作者写作着一种不可能的写作。只不过，挣扎是抗争的另

① 1995—1997 年的手记编有两册，对应于“虚无之后 · 修学”，另一册为“末世情怀 · 心迹”，为抒情随笔，此处不收。

一种诠释，所以杜拉与海明威有很大的共性。而杜拉比海明威更为简约，但这简约之感并非由文字的丰俭而定。简约从来就与外形的简短是两回事。

3. 修养之所以为修养，就是对没有修养的人所不能道出的那部分。修养对无修养的人一说，就什么也没有了，就也体现为无修养。有修养的人在无修养的人面前，从不以教训的口吻说话，这才是真修养。

4. 一件并没发生过的事情在你心里非常真实地发生了，你再开始写这件事，你才会成功。

5. 优美的音乐，让人在艰辛的岁月看见幸福，在幸福的日子忆起艰辛。

6. 当我与语言无关，当我不生在创造的氛围之中，我才发现我什么都不是，什么都不能。

7. 日本对“二战”所带给他们的巨大精神价值是始料未及的。侵略本身给日本带来惨绝人寰的伤害，却大大地刺激了国民的反思意识，使得现今的日本经济繁荣，文化自战后以来就一直较亚洲别国深沉。相比起来，中国一直是个害怕受到伤害的民族。害怕伤害，就丧失了破坏意识，也就更谈不上“重建”。中国人没有“废墟”，有的尽是自我保护。中国的少年老成者是真正的虚无者。鲁迅在绍兴会馆抄古碑的时光，是这一典型的最强缩影。

8. 面对优秀的歌声，你是继续歌唱还是就此沉默？

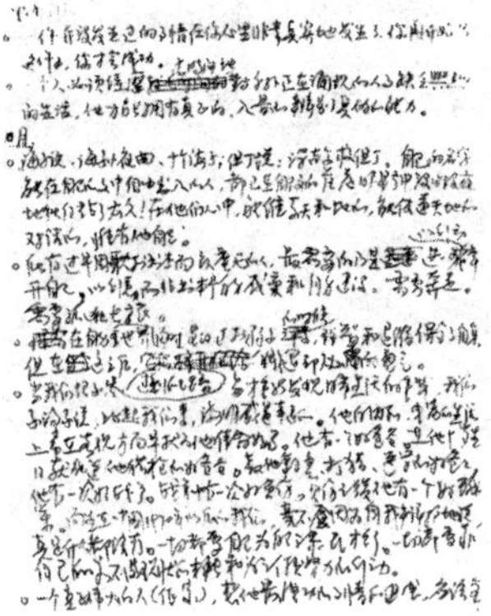

《虚无之后》整理手稿和自印小册子封面（1997 年）

9. 不想生之后的生。

10. 你必须清楚，你关心的重要命题，都只有你一人关心，以这些命题去逼另一些人也必须关心，愚蠢。

11. 当写作与作者本该统一的生活状态和精神内核出现分离时，他所进入的写作，就形成了“虚幻的真实”。这类作者的潜意识里，已固定地、而他们自己已不易察觉地在写作之前就这样来看待写作：我的文字嘛，就应该这样。这个“这样”，就是前面那个“分离”的出现，因为一“这样”，就已经不是他们真正的本质，就已经是虚假；而正因为他们自己已不易察觉这一点，所以在他们自己，反以为是进入了一个“真正的真实”，这就是虚幻的真实。虚幻的真实，都不是用指尖掐着自己的内心最深处说出来的话，都不是首先说给真正的自己听的话。这就是故弄玄虚、营造“口吻”和“语感”的作者的病源。海明威时时告诫自己“写一句你所知道的最真实的句子”，正是冲着这一点而言。

12. 作品大于作者，作者大于作品。

13. 海子说：海子小夜曲；但丁说：浮吉尔救但丁。自己的名字能在自己的文中自由出入的人，都已在自设的茫茫旷野中没日没夜地独自站了太久！在他们心中，能维系天和地的，能传递天地的对话的，惟有他自己。

14. 所有过早因耽于书本而致虚无的人，最需要的乃是进一步以行动碎开自己，以行动而非书本予自身感觉和建设。需要奔走，需要孤独长旅。

15. 在自身面对世界显得过于弱小的时候，理智和退缩保全了自身。但在这之后，过剩的理智将褪去必需的勇气。

16. 当我们很不容易才重新发现日常生活的重要，我们不得不说，比起我们来，海明威是幸运的。他自由的、丰富的生活，上帝在客观方面早就为他准备好了。他有一个好爸爸。在他十岁生日就送他猎枪的好爸爸。教他钓鱼、打猎、医学的好爸爸。他有一次好战争。战争中有一次好负伤。负伤之后他有一个好恋爱。伤好之后他有一个好职业。而生在中国1970年以后的我们，毫不因为自我辩护地说，真是什么都没有。一切都要为自己添乱才行。一切都要靠自己的永不满现状的本能和为之付出努力的行动才行。

17. 一个真正伟大的人（作家），想他最成功的事情的组成，应该全得之于自身的实体，别人的影响应该微乎其微。

18. 海明威写得好，个性强烈，但不故弄玄虚更不诡异乖张，底蕴丰富十足，风格明快爽洁，干净利索，幽默风趣，生命力的热气无所不在。晚年作品（《老人与海》）宽厚仁慈，表象简约而内涵回味十天仍不厌倦，无天的勇敢与韧劲，拼搏、严肃、刻苦、认真，又有节制。所有这些，都让你非常愿意向这位可爱的师父学习，然而正在这时，他又是一记“啪”地重重打你：

“新的名著几乎没有一部与以前的名著相同。”

在你迷上他之后他重新把你抛回自身，让你知道名著对自己的写作的直接意义已经死了。你要想创造出新的名著，你得从头把你自己的事一件件、一步步一丝不苟地做好。

这就是海明威精神与海子精神的区别：后者的伟大让你久久迷恋他本身。而个中缘由海明威也曾在一次谈话中提到：“活不下来的人常常更为人喜爱，因为人们看不见他们进行长期的、沉闷的、无情的、既不宽恕别人也不求别人宽恕的拼搏，他们这样做是因为他们以为在死以前应该完成某件任务。那些死得（或离去）较早、较安逸的人们有一切理由惹人喜爱，是因为他们能为人所理解，富于人性。”

19. 匮乏的时代，太多已故的或距离遥远的大师就耸立。逼人的光辉下，富足的信心仍得来自自身。

20. 你把镜子擦干净，没人看见；镜子上留着灰，就有人说：“从镜上的灰就知道你已多时不打扫房间了。”

一九九六年

21. 还有几个人，会说你做的事好呢？会对你做的事抱善意的批评呢？我说，再也不要在意当代人的批评了。再也不要因为别人的意见而忘了自己最初的主张了。再也不要以为最初的支持者愈多就意味这事你就做大了！永远记住，这事是你的。“走自己的路，让别人去说吧”这样的话，不能因为俗人的滥用而失却光芒。没有几个人，在最关键的时刻还能想起它。

22. 最伟大的巨人最终实际上是极端的个人主义者。但极端的个人主义者不能成为巨人。他们可能会成为某一方面的巨人，但成不了最伟大的巨人。最伟大的巨人不仅在某一方面有着卓越的才华和能力，更重要的，他还要能以自己伟大的魅力改变一个局面，改变一个风气，改变一代乃至几代人。要想获取这些改变，则不仅需要在某一方面有着卓越的才华和能力，还需要长期的、艰难卓绝的实践行动。这个实践行动我们现在叫做“做事”。最伟大的巨人与某一方面的巨人的区别就在于前者在长年累月的实践行动（即与各种人的各种摩擦、合作、分裂、侵吞、派生）之后仍能保住个人风格，仍然记着自己最初的信念。所谓做事的艰难，也就在此。这个艰难，在中国尤其深重。那些仅在某一方面是巨人的个人主义者，与其说他们缺乏行动的意识，不如说他们缺乏这个能力。他们害怕做事，害怕与人相处、合作，害怕这些给自己带来伤害。他们不说自己“害怕”，他们只说自己“不愿”。他们时时以保全自己为最重。

23. 权威总是需要。反权威并不意味着不要权威。没有权威，标准何在？审判何在？秩序何在？

24. 获救意味着已受诱惑。

25. 对书本、间接经验的巨大渴望和重视，意味着懒惰。

26. 没有路的地方，是最好的路。

27. 诗不成首。一个优秀的诗人绝不可能仅仅只有某几首诗是优秀的，甚至一个诗人也绝不可能只有那些著名的和完整的文字才是诗歌，不，与他有关的所有事物都是诗。诗，不以首分。

28. 在最有话要说，而不是最想写的时候，开始写作。

29. 每个人总是做他能做的而非他突然想做的事。

30. 几乎所有的“真正的”都只属于女人。真正的理想真正的爱真正的关怀真正的忍让真正的绝望真正的改变真正的疯狂真正的堕落真正的复仇，都只属于女人。因为这一切，这一切真正的决心只属于她们。因为惟有女人才真正能以命相许她们的决心，她们可以做到完全不顾一切地把整条命赌上而不考虑更多。即使一个情种的万般乞求，也绝唤不回一颗对爱情绝望的女人的心。

而属于男人的“真正的”只有一个，那就是真正的优柔寡断、多愁善感（人们称之为“理智”）。在这个世界上，真正多变的不是女人，而是男人。因为男人最不相信最不喜欢也最忍受不了永恒。因为永恒意味着厌倦。就“执着”而言，男人是太不如女人了。

一九九七年

31. 吴晓东和谢凌岚在《诗人之死》中说：“海子以他的自杀提醒我们：生是需要理由的。”

可能对于这些很少感到“生是需要理由的”人来说，海子之死的确提醒了他们，可是我不懂，生，难道不需要理由？这些对生生死死，尤其对自己稀里糊涂就来到这世上并活了几十年而都熟不为异的人难道从来就不质询：活着的就一定比死去的、尤其是未被生出的要幸运？难道人对自己无法决定自己的生是完全应该感到正常而无需质疑的？

海子有相当多的精力，就是为这个质询而花费。我甚至想，几乎所有的短命天才，这个质疑都是他们一生的一大主题。这些对生质疑的人，他们非常迫切地感到，“他们在死以前应该完成某件任务”。

任务感、使命感，直接导致了他们的好胜、急切、珍惜时光、心动过速、短命。

人，所有的源头来自那人作为动物之本来，即欲。欲，体现于人乃是权、名、利、色。要权、名、利、色，即须高于众人，高于一般之人，方可控制、支配众人为己所欲。欲：权名利色，使人不想做一般之人，想做高于众人之人，即王；最大的王乃非人，即神。在此过程中，人开始厌恶自己作为人的肉身，直至蔑视作为生物的动植物。神乃精神意识中的王，指于现实的物中，即惟一能予自然万物以生命的东西——太阳。太阳王，这最高的意象即由此而生，所以海子有足够的自信认定自己是一道毫无疑问的刀口。太阳的生命乃是由于他的内核经常不断进行原子核反应而产生大量的热能，其温度约有1500万℃，人一旦触及到这内部，才有真正的王的生命；然而太阳表面的温度虽只有6000℃，但它是毒的，王的附近、王之最表象都是最为毒辣和危险的，因此摸到王的附近、太阳的附近的人，必因触摸而消亡。

太阳的内核很不容易摸到，因此急着去摸太阳的人，要想活着回来，是很难的。

海子就是在这样一条攀夺王座的路线中丧失了年轻的生命。这是他的命运，而非他的盼望。在他心中，深感世纪沉默过久，实在太需大王，并觉此王非己任莫属。在他心中，王对他的逼视、他对王的景仰，这逼视与景仰所构成的视线如同激光，光亮、温高、笔直，绝对的穿透力，无物能挡，乃赤道之光。赤道，烫死海子。他握着赤道之光，瞬间消失。

他握着赤道之光，瞬间消亡，这短暂而迅疾的过程，是比他的才华更为狂暴的勇气，让众人——活着的、死去的、将要生的，都看见、听见了这一幕，并为之瞠目结舌。

最高的王者，是摸着太阳内核的人，是平安的，安详的，忧伤也忧伤得平安的，急切也急切得平安的。他们坚持，他们忍耐。他们活下去。

他们有的，首先有的，也必须是短命天才般的卓越才华，然而他们更有的，是耐心。耐心使他们的才华、忧伤、暴躁、急切、柔情、缠绵、疯狂、尖锐，体现为无。

32. 一个瞬时瞌睡，让我二十四年所有的日夜合不上眼。

33. 两只中国瓷器在暗处发光。

34. 如果那么多的主题都是我们应该放弃的，从而使我们的这份悠闲显得如此在理，我坚信在临死的那一瞬间，我们是有理由责怪自己对生命的浪费的。

35. 没有弟兄，只有师生。

36. A：以小被动维持大主动；B：在大被动之下做些小主动。

37. 如果一个人为你提出过经你冷静考虑后而觉大妙的建议，并在付之实践多年之后回想仍觉惊服，其实你基本已在他的设计之中，就是说，魔高一尺，道高一丈，你永不要忘却当初他提出建议这个动作，这建议帮你渡过当初的一关，但你别忘了至今他仍有高出你几头的可能。面部的得意皆属小人。

38. 一个现实的脑袋里头容不下太多的虚幻，就像一个虚幻的脑袋里头也容不下太多的现实。

39. 死使我们开始活着、被人看见。

40. 心态之于阅读的重要性在于：有时读到再简单的地方都读不下去，多读一个字都艰难无比；有时又很奇怪，再艰涩抽象的地方，读起来都像流水一样清晰而顺畅。

41. 所有被历史留下来的人，都是有他们的理由的，一个人如果还想长大，就得继续抛弃他的个人好恶。

42. 他们看重天赋，在很小的时候就极其敏感地知道自身最强和最弱的点。几乎自始至终，他们全都依仗他们天赋最强的一面生存下来。说到底，他们在心里很难相信所谓的“勤奋与努力”是否真有效用，他们很难相信天赋里面就缺的东西，靠勤奋与努力是否能补回来。因此，他们恐惧时间，惊惧于年华与青春的消逝。尽管他们所知并运用的他们天赋中强优的部分确实可令世人瞩目，然而这多少逐渐养成了他们偏爱一蹴而就、求深不求广、没有（甚至惧怕）耐心的坏习惯。他们仿佛生来就知道自己随时都可能离开这个世界（速朽性），他们随时感到活一天似乎就少一天，这一方面让他们热爱生命，同时又相当程度地增添了他们的急躁和焦虑。而他们又似乎生来就不甘平凡，他们从来都觉得：不能不朽皆白活，所以他们无时无刻不处于紧张之中，他们互相比赛，活人死人，国内国外，尤其各国的历史，总能为他们提供参照；他们总跟最优秀的比，始终让自己处于一个悲惨、差劲的地位；他们渴盼成功和享受，而且它们来得愈早愈好。缺乏耐心实际上是缺乏信心的一种表现。要知道我们失去了二十岁，仍旧还有三十岁、四十岁、五十岁、六十岁乃至七十岁和八十岁，生命的力量在于它是有延续的。不仅一个人的生命如此，一代一代，只要是意识形态范畴的，后代总在参照着前代。也就是说，我们做不完的，会有人接着做下去。这是一项集体劳动，是从有人出现始直至进入最美好的生存境界，在这看起来无限长的岁月里有无数人共同创造的。有时体现为一个小集体，大多时候体现为一个单独的人，但他们合在一起仍是一个大集体。

43. 在这种所谓“古典的”实质是“史诗性的”、“人类伟大而崇高的”思想熏陶下，我再一次感到二十世纪是个“抠局部”的世纪，是一个将局部放大的世纪，是显微镜下的世纪。这可能就是一个世纪对上个世纪继承的一种效果：大主题已被人说尽、说透，我们只好另辟蹊径了。我们虽不愿像承认自己祖国落后那样承认我们时代的欠缺，但这样一种“显微镜式”的大背景势必浸淫于我们关注事物的某一片面、某一细小问题，以及只顾眼前、只关注个人恩怨悲喜的狭小胸怀的摇篮，再兼合于我们中国当代的商业背景，我们势必是最易滑入自私自利、失却伟大崇高而大谈遥不可及的理想的人群。在文化上，我们又经受着怎样的挣扎？二十世纪（以“五四运动”为标志）的新文化运动实质上是对中国传统文化的全盘否定，我们在全面新颖的西方语言体系之下几乎无法不使自己的思维定式运转于这语言体系所起源的西方传统。然而，这还仅仅是问题的一个方面，另一方面，我们回头检点中国古典文化所代表着的东方传统精神，确实发现它们正如进藤纯孝在《日本作家自杀的根源》中所说：东方文化始终透过死亡和黑暗（虚无）来观察人生，几千年来几乎找不出一部乐观的、光明的、雄浑地歌唱生命的篇章，有的只是一些因个人恩怨即兴抒发的美丽的悲喜情绪，它们小而精致，清淡、冷漠、失意、隐忍、躲避。说到底，这正是一个旧的传统已死（并非毫无借鉴之处），新的传统尚未诞生的时代，我们在这种特点的时代所要付出的摸索与努力就要比别的时代的人们来得多一些。“一切都是可能的”恰恰迷乱了我们选择的眼睛。我们时代的青年有多少人长年经受着迷惘或虚无的煎熬啊！而另一些人愉悦而平安的自信，恰恰来自对“人造人”式的细小主题的满足。要摆脱这样一种莫衷一是的迷惘，惟有在内心唤起对崇高理想的热爱：况且无论什么时代，伟大的、崇高的、长期为整个人类（含自身）的前途所思虑的理想，总是有益而积极的。

44. 他们津津有味地谈金庸、古龙、梁羽生作品中的人物，如此津津有味，使我不得不想到“人物形象”这个问题。有独特意象的鲜活的人物形象即是典型，他们的出现，从此为他们这类人命了名：人们可以说“贾宝玉似的”、“阿 Q 似的”、“哈姆雷特似的”。

对人物形象的塑造有两种：一种是塑造自身形象，如但丁；还有一种大象无形的作者塑造更多与自身不同的有性格的人，如曹雪芹、莎士比亚。

鲜活的人物形象意味着性格，而性格意味着命运。所以塑造多种形象，实质是懂得多种命运。

45. 在《威廉·麦斯特的学习年代》的阅读中，体会了许多深有同感的道理，也有许多属于歌德或者属于当时背景之下的道理，我仍难以理解，但惟有一个道理，我既深深懂得它是优秀的、伟大的，却又在开始时难以接受的：就是自身的次要，别人的重要。

> 一个人越早获得这样的经验越好，就是世界并不是非他不可的。我们把自己看作是多么重要的人物啊！我们想单靠自己赋予我们在里面活动的团体以生气，我们以为没有我们，生活、营养和呼吸都停顿了——其实这儿产生的缺口刚被发觉，立即就得到填补。不错，这缺口甚而常常成为纵然不是更好一些，却使人更高兴一些的地方。
>
> 这是好的，一个人先进入社会，自视甚高，想获得许多优势，试图干成功一切事情；不过，当他的修养到达一定程度时，就要学习投身到更大的团体中去，学习为了别人的缘故而生活，在义务性的活动中忘掉自己个人，这样才是有益的。
>
> 只有所有的人加在一起才成为人类，只有所有的力量加在

一起才成为世界。这些人和力相互间常有争执，在他们试图相互毁灭时，大自然团结他们，又创造出他们。

您别想到自己，而是想到您周围的事物。

在没有懂得这些道理的重要之前，我早就知道我是个极为自负的人，并且很久以来一些事实的成功和我盼望的那部分人对我的尊崇的存在，以及自己对谦虚、谨慎的敏感使得我并不认为这是过大的错误，且不至于会带来大害。这样的意识也已保持了许多许多年了。这么多年来，我一直感到自己是个“重要的人物”，我从来没有真正关心（更谈不上帮助）过自身以外的另一个（更谈不上另一些）人的生活，也从来没有耐心地、全景式地分析过另一个人的性格及其优势，这样一种意识其实使我一直生活在貌似开放实却封闭的心态之中，其最直接的结果就是使我在 1995 年过早地坠入空洞的虚无，而当时我却又颇为自负地归之为自身在“境界”上的迅速提升。

这个世界之广是我们即便全心关注身外的人们也都无法全部了解的。也只有真正认识到自身对于这个世界的渺小（但不至于自卑），我们才真正认识到学习、学习、学习、再学习的重要！是啊，值得我们学习的实在是太多太多了！我们发现了自身的渺小，实质却是使我们的胸怀，使我们自身的这只杯子更为深广起来！也只有认识到身外的别人的重要，我们才懂得关心别人、帮助别人的重要，也才懂得对每一个不同的人所需要的关心、帮助都是需要不同的方式和方法的。而不断地关心、帮助别人会使我们发现自己所拥有的物质、精神永远都是那么稀少！这又反过来会不断地激励我们去学习、去争取。把学到的、修炼到的、获取的精神和物质再撒给人间，你就又空了，你就得再去学习再去争取和获得。这就是关心、帮助别人对自身的意义所在。这就是为什么别人总比自己重要的原因。这也就是一只盛满物体的杯子如果长年不往外倾倒，它就永远是这么多，也就永远是这一些东西，时间长了，它们就会发臭、腐烂。这也就是大象无形的人为什么总是告诫世人要“为别人生活”的缘由所在。

46. 切记：勿辩！明眼人多的是！这里没有那里有，现在没有将来有。天下永无被埋没的千里马。是金子它总会发光，没发光它就不是金子。其间最需要的只不过就是等待的时间而已！

47. 任何过于随意、过于潇洒或强调荒诞的作品都是有问题的，因为人在本质上都是认真的，真正认定“人和生存无意义”的人都不会再写作。

48. 像现在观看明清以前一样观看现在，一直是我们的盼望，尽管这并不可能。

49. 一个人之所以有优点，就是因为他缺点的存在。

50. 本能的敏感只是聪明，理性的控制才是智慧。

51. 有一种聪明人，有表现自己聪明的本能。这种人最易令人生厌。真正的智慧，他静默，他慢，他低，但动则巨力。

52. 我听着耳机在阳光普照的天井里看池水，看花草。我想起母亲在日记里说她常常静静地面对花草站着，看着它们的叶茎，这样看一会儿，苦恼和疲惫就没有了。我由衷地热爱母亲日记中一些优美的、扣我心弦的篇章，但我同时为一些她的缺陷而惋惜，我痛惜她没有足够的时间对事物进行冷静的、宏观的整理和思考，缺乏这种整理和思考，实际上就是缺乏耐心。现在，我都开始担心缺乏耐心是我们整个家族最初的通病！然而，我一边在想的时候，一边又升起另一个意识：是否我看出了这缺点，或者我正在努力克服这缺点，就的确不再可能存在这缺点了呢？我的意思是触类旁通的重要。千万不要盯着一些细小的表象，这样看不到事物的本质。我们不仅要看出一个人或一个时代的缺陷，还要努力去探寻属于他或它的好的状况又是什么。知道自己乃至整个家族最大的缺陷是缺乏耐心，我还必须更深更广地去挖掘出真正意义上的、伟大的耐心又是怎样一种状况。在这样一种理性的指导下，所有的努力才不致徒劳，所有的闲暇也才不致频频自诘。不要以为看出了自己的某个缺点，甚或正在改正着，就以为自己的确已经不再存在这缺点。并不是我们以为自己懂得了某个高度，懂得了某个高度的人的一生，就足以证明我们自己也拥有了它们。你懂得了一万的所有含义，并不意味着你也拥有了一万，或者你就是一万。良好的愿望再怎么真实而合理，令众人折服，但它的确还不是现实。

53. 从“口要软，手要硬”到“嘴不软，手更硬”。

54. 许多聪明人常常获得许多正确的、能说与人听的小道理，可他们不努力在这些小道理背后寻找更重要的联系。智慧的伟人善于（或者不如说他们有这种本能）控制自己所获得的所有小道理之间的联系。有了这个联系，获得的道理才不各自散落，此一时彼一时，一鳞半爪。

55. 短篇考验着才华。

56. 这个世界是否存在着确实不可教育、不值帮助的对象呢？从客观上看，应该是没有的，除非一些严重的先天智力缺陷者；然而要将一些对象往真、善、美一步步教育，所付出的代价实在让人觉得得不偿失！可见世界的确是以牺牲的方式来取得它的收获的，有些小矛盾在这世界的大矛盾之下只能放弃，更何况到了最终，世界的定量会凝聚它们，平衡它们，大矛盾的解决同时会把当时无力关注的小矛盾一一抚平。

57. 我们要宽容那些有所功利的人，因为他们其实只是正常地体现着人性的一部分而已；我们若是因此而厌恶甚或责怪他们，那就更不应该了：因为我们与他们比起来，并不是不功利，而是功利更大，大到了看不见自己的功利罢了！就像贪得无厌者厌恶贪小便宜者的同时并不知道自己的贪得无厌。

58. 二十世纪是“抠局部的世纪”、“显微镜下的世纪”的另一大特征就是：修养的局部性、挂一漏万性、一鳞半爪性。许多算是早悟一步的人告诫自己和别人谦虚的重要，于是所有人开始把谦虚当作虚假的美德供奉起来，却同时再也不敢光明磊落地显示自己的功利。就像所有破坏性的世纪一样，本世纪人们喜欢肯定一面的同时竭力抑制或否定另一面，而这肯定或否定之间常常忽视一种在高处俯视之下所能见到的人性的、自然的、道德范畴所无力管辖的东西。

59. “我们总是诅咒沉重的日子，而对欢乐时光的到来总感到理所当然。”同样，我们总是要求别人对自己的尊重和谦虚，而从不考虑对别人是否也做到了真正意义上的（不是面子上的）尊重和谦虚。严于律人，宽于待己，这种人实在太多了，这就是他们不知道手比嘴重要五万万倍的原因；严于律己，宽于待人，这种人固然会赢得众人的尊敬，可是他们常常会因为缺少指正别人的方式而缺少对别人的帮助以及对包含自身在内的世界的作用；既严于律己，又严于待人，即要求一切，并注意其间所需的不同方式，这是最美好的一类，而这自然是相当难做到的。

60. 数量的多产意味着自信，意味着愚蠢，意味着智慧，而聪明却使你瞻前顾后，举步维艰。

61. 一个人向另一个人学习做一件好的事情，哪怕还只仅仅是表象的抄袭，都是不可嘲鄙的；尤其当前者尚且知道自己在学习。

62. **师**：“尽管你把下面的工作看作是对你以往经历的一种调整和校正，尽管你把他们的理由自圆其说得如此丰满，然而你还是你，你并不因为现在你想做一些调整和校正就会出现大变化。”

生：“这么说，我明明看清了自己低劣的地方，却只需仍旧听之任之吗？”

师：“可是，确实有许多缺点不是我们所能改得了的。歌德说：属于一个人固有的东西，想扔也扔不掉。”

生：“难道就因为它们改正不了就不需要去努力改正吗？”

63. 人一旦意识到必须调整与你的关系时，那不止是缺点，连同你的优点他都会换一句话来驳你。

64. 凡无关命之言，发之伤命。

65. 话一少，原先必会说出的话皆在心中自言，自言者，慎独也。慎独者，大庭广众之下仍不忘形，仍有孤身一人之感。凡慎独、孤身者，有思必有行，皆不会因过早将所思以口吐露而行则空矣。

66. 一个人通过对方在各种不同情况下面对自己的表现总结出了他的个性气质，其实仍带有相当的片面性；而所需的倒是更加观察他在别人面前的不同表现，再与前者不断进行对比。因为你本身的面目会激发或制约对方形成一副表现定势，它再怎么丰富，都属一个领域范畴。

67. 我们厌恶的事物为什么仍大量存在于世呢？这就说明即便是你厌恶的事物，也有它存在的理由，世界同样需要它。所以，不是它们的存在有问题，而是你的厌恶成问题。你得把它们重新打量，并学会认同、热爱或改变它们。

68. 我们都知道彼此各是个什么东西。

69. 本世纪：思想与行动分离。思想的人缺乏行动，行动的人缺乏思想；行动的人过于活跃，思想的人过于慵懒。很少有为思想而行动或为行动而思想——即将思想与行动相结合的人。

70. 能说并不表示理解，能说并理解并不表示能做到。能说者，人人，能理解但不说者，有动机。只有能**做到**又能以口将心对手做出的事的**理解**（思想）**说出来**的人，才最不易得。

71. 比喻等一切修辞手法，其本来的目的只是使你要说的意思更为生动和强烈，而不是为了追求新颖而使它们愈发令人难以理解。我们如今做任何事，都该懂得目的大于其他。岂有打仗不是为了取胜而仅仅是为了尝试一种新的打法的吗？

72. 饲养一些小鸡、猪、羊等家禽家畜，由于我们可以目睹它们从生到死从幼年直至病老的全过程，虽然它们与人有着许多本质上的区别，然而大自然却安排它们与人有类似的生长规律，因此从中我们可以看见我们人在生命的不同阶段的明显写照。小动物在最初的封闭环境中会不停地叫喊，可是一只“少年”动物就会逐渐“理解”人关闭它们总是有其一定理由，虽然这些理由它们可能并不能像人那样思想清楚，在叫喊片刻之后也就会静静地伏下身子，耐心地等待人有理由放它们出去玩耍的时刻。人也是一样的。在最初的时候人所有的思考都是以自己为中心的；时间久了，他们才发现为别人着想是多么重要。

73. 所有教育的目的，都是为了让受教育者懂得如何使自己获得别人的尊敬。

74. 总是根据昨天的饮食效果决定今天的菜单。

75. 人是个什么东西，我们大家都清楚。

76. 从此你要背负屈辱，用你纯洁的身体与世界摩擦，待它终于坚韧的那日，你才有资格重回头来诉说你的纯洁。

77. 随着人的年岁越来越大，随着人与世界碰撞的次数越来越多，人也就越来越害怕失败，而对哪怕存在于内心的一点点成功的感觉越来越敏感，抱得也越来越紧。然而，“害怕失败”使人逐渐懒惰，“害怕失败”使人固步自封。了解了那“成功”的真正背景，就会发现这种“需要成功”的积习只不过是一种害大于益的自尊、面子、地位在作祟。

78. 不要做个怎样怎样的文人，而是要做尽其一生可能做到的最丰富的人。

79. 写作只是人文之载体，而非目的。

80. 每当我看见一个人在精确地指出别人类似于夸夸其谈的缺点之后，不久却也不知不觉地流露出夸夸其谈的本色，我心里就恐惧，我想，我清楚地看出对方的缺点之际，这同样令人讨厌的缺点是否也正烙在我自己的身上呢？所谓临深履薄，实在不是一时一刻之事。

81. 确实，一个独特而优秀的听众对于一个人非常重要，甚至常常一个听众的性质和优劣也就决定飘来的声音的性质和优劣。然而一个人在这世上活得愈久，这种听众在人世间的实体也就会愈来愈少，在这之后如果他仍旧止不住自己的声音，那这种听众的形象也就逐渐充塞在他的内心；他在对内心的假想听众说话，实际上他在对自己说话，这种内心的听众形象存在的信心愈来愈大愈来愈具体，也就愈发苛求着他一直说着的声音和它们的说法。最后，这些内心的听众形象又重新在人世间找到了一个一个、直至无数的肉身。

82. 独善其身是一个盼望实实在在做些事的人最最需要的修炼。这是因为人只有常持慎独之心，方有声音时时责诘自己，不许自己松懈半刻、在过多的人际喧嚣中忘形过久。然而人活得愈久，想斩清身上逐年增生的阻力而回到慎独之境，也就愈显其难。

83. 一个对宽容敏感的人，对苛刻自然会过敏。

84. 从容和宽厚在外表上的要求是：静、稳、慢、准。先耐心地听别人说完，再简短发表意见。敢于在行动上而非仅仅语言上承担责任。

85. 无论在什么境况之下，都不要说“××是我的生命！我不能失去××”！不，不要这么认为，只有真正的生命才惟一代表生命，只要真正的生命没有完结，失去其他的所有，都并不代表一个人从此完蛋。

86. 我们以自命聪明增添自信的同时，千万不要以为别人全都比自己傻得多，在同一个问题的思考上，他们的复杂性、深刻性、奇妙性都不会差。

87. 完全有必要考虑到向对方打过招呼之后对方可能出现的所有情况。

88. 不通过行政手段仍成“师”是非常不容易的。最伟大的人，实质都是这个世界的导师，都最终要给这个世界以教训、忠告、经验和指导。

89. 你为什么把人人都知道的事情说得如此眉飞色舞、激动万分呢?! 要知道这份激动只不过是你刚刚发现了这件事而已，而别人对此毫不在乎，因为他们要么尚未发现，要么早已发现，而事实常常是后者居多。

90. 主题愈深刻愈好，方式愈通俗愈好。前者强调作者的重要，后者强调读者的重要，作者加读者才成作品。

91. 上帝之所以创造人并让人一代代生存下去，就是让人一代代前仆后继地解决那些可能上帝自己也解决不了的问题。

92. 成熟和经验都有无限的理由，只要它们不让人犯“经验主义”的错。稍许偏激一点说，25 岁的事 24 岁的人确实无法真正领会。你过下去瞧呀！年轻人如果永远都是对的，那人还有什么必要活过青年呢？

93. 人生观的转变导致题材的转变，题材的转变导致手法的转变，手法的转变导致语言的转变，语言的转变导致视角的转变，视角的转变导致世界观（我自己站在世界的哪个角度）的转变。其中任何一个转变，都不是小问题，牵一发而动全身。

94. 在每次关键的转折口，如果担心改变和学习会丢掉自己的本色，那就再仔仔细细地想清楚自己改变和学习的目的。目的不明确，南辕北辙。

95. 所谓当代、先锋文艺，实乃惟恐博大而肤浅，故求片面而精深。

96. 短篇小说最重要的是角度。

97. 一个因多年漂泊各地而失去故乡居住权的人，甚至逐渐失去了方言。一个失去了方言的人，是多么难以找到并让别人感到在自己身上的生活的乐趣啊！可是我想，一个因失去方言而失去体现丰富生活乐趣的方法的人，他更有理由去寻找更大的、能让更多人接受的语言。

98. 诗歌是锻炼语言的最好方法。

99. 要想做到真正的雍容大方，宠辱不惊，宽厚和悦，是非常艰难的。这方面的修炼是一辈子的事。然而，这一切其实不仅仅是心灵上的修炼，我们常常忽视它们与物质基础的息息相关。紧张、苛求、急切都与欲望得不到满足之前的重视有关。物质的满足能冲淡人的诸多欲望，能让人漠视一些利害，做到雍容、宽厚也就方便。

100. 贫穷无疑桎梏了许多事情。很多的事只有在丰裕的财富的基础上才呈现出健康的状态。

101. 语言是最大的遮蔽。语言的重要性体现在作品所有遗留问题的协调全赖它处理，而协调，真正的大协调，协调到消失作者的地步的协调绝非那么容易做到，这个程度的语言也就重要到语言即人格之于世界的高度、角度及比例的地步。因此，失语（没有作品）不是一个小问题，它意味着相对持久的时日以来作者的人格力量（内核）无力对世界起作用。

102. 人愈懂事，他就愈少诉苦，也就愈发地在内心分析、解决这苦，而这分析与解决最终势必归于行动。故此，一个懂事的人，开始变得少说话，尤其是少诉苦了，他只做事，他做的事愈来愈让人吃惊，因为他不说理由了。

103. 当人随着年龄的增长而“个性”愈发强硬之后，要想真正改正一个缺点是非常不容易的。一个人的骄傲自负、对别人的凌驾欲念，是多么让对方和清醒之后的自己深深厌恨啊。改错，是自己的事；改错，乃是一生的战役。

104. 所有有关作品的思考，只有在写的过程中才会越来越清楚，只有越写才越清楚；所有有关对自己人格和思想的梳理，也只有在参与社会实践的过程中才会越来越清楚，越来越真实。但有一点是相同的：说，与空头计划，毫无益处。

在暂时没有除写作之外的事务可参与的境况之下，写作本身仍是一件经手磨砺的事。

105. 我们是多么笃信和依赖我们所处的时代啊。我们实在不知道再过上个几百年，人们又会笑话我们现在对自己所认为天经地义的事情的笃信，就像我们现在对当初人们笃信“地心说”感到好笑一样。

106. 我们年轻、刚刚踏上社会时曾说：当自己老了，可以对其他事物百般苛刻，惟对青年须以最大的热情加以宽容、鼓励和支持。在与社会接触、打磨五六年之后，我们才发现，当初说那话，只不过是当时的自己渴盼宽容、鼓励和支持而已。但正因为这世界对任何人从来都一样严厉和苛刻，才使我们得以迅速长成现在的模样，而如今我们会说：虽然我们深知年轻人初涉社会渴盼宽容，可是你们更需要的却正是苛刻而严正的鞭策。当初我们渴盼宽容，实在是我们不懂宽容，如今我们施行苛刻，恰正是我们懂得了苛刻。

107. 所谓性格塑造的关键，不外乎外形、举止、神色和内心真正所思以及此二者之间的距离。

外形所溢与内心所思的距离在中国称为“城府”。城府是一个塑造的性格最有读头之处。

事实以及内心所思都只有一个，然由于言者或听者的变换，与之相关的所言则各各不同，此不同即“城府”也正是塑造性格之关键。

108. 可怕的额头。

109. 只有那种为了爱可以死的爱才是真正的爱，所以，人间没有真正的爱情，只有天堂有。可见比起生命来，爱情乃是次要的。

110. 内心的复杂并不意味外表的复杂，甚至常常相反。但一点都暗示不出内心的外表是没有意义的。

111. 所有的指证都是形而下的。一个再怎样大象无形的人终究需要现实事例的指证，他一贯常用的事例便成为专业，而专业的高超则又需要关键细节的指证。所以，事情总是愈做愈小，所以，不要忽视小事，小事可以指证一切。

112. 一个懂得“谦虚”的人，万不可再过分谦虚，尤其不可在原则问题上“谦虚”。最初的低头需要日后三倍的强硬方能扳回。

113. 我们还日复一日地活下去，就是因为我们盼望自己愈活愈轻松，愈活愈快乐。这是最大的原则。最终要无所不谈，要想怎么谈就怎么谈。

114. 人们总是以为我们仅仅为了表达一个或几个观念而写作。是的，作为深刻或热爱深刻的人，我必定有许多鲜明的主张，然而作为一个人而言，我是一个非常复杂、几乎可以称得上色彩斑斓、矛盾百出的生物。有时我的创作是为了表达一个或几个我的观念，是因为我自以为这些主张至少对我是重要的，而更多的时候，我的创作是因为那些我作为一个完整复杂的人除却观念之外的无数原因。

115. 以把歌词细细抄录下来的方式纪念一首歌给你的感动，是多么软弱无用！只有此时，你才发现，词、曲以及唱出它们的声音，是多么不可分割。你为之感动的是这个整体而非局部，你要想重温这份感动，除了听，别无他途。

116. 怎样写虽是个角度问题，可最终还是一个方法的事，我猜想，写作到最后应该变得非常简单，因为方法总该是愈找愈简单和容易，而不会愈找愈复杂和艰难的。看一件作品，无非看两件事，一是这件作品本身，二是作者这个人。我也猜想，写作到了最后应该让读者这样想："这件作品怎么写出来的其实很简单，可是要做到作者这个人，却难。"

117. 有一座山就有一片谷，有一个问题就有这个问题的解决方法。

118. 当我第一次从录音机里听录下来的自己的声音，我几乎惊呆了：我知道那声音毫无疑问是自己的嗓子发出的，但我根本没想到自己的声音是这样！我在完全理解一篇文字诉诸声音的感觉并以自以为完全符合这感觉的声音把它念出来时，这声音在别人的耳朵里（也就是性能正常的录音机录下的）其实完全是另外一回事！这个发现让我吃惊：我们的耳朵根本听不清自己发出的声音！我们的耳朵所听到的自己的声音事实上不过是我们愿望中的一种声音！

119. 一个人的青春时代总有一些幼稚的、执著的成分，但所谓的长大也实在毋需因为这些幼稚的执著而嘲笑自己的青春。

120. 聪明人不是不犯过失，聪明人所犯的过失只是偶尔的细小的具体事件，这些过失总不致有碍大局，总还能弥补和校正，来得及重新收拾，亡羊补牢犹未晚。而庸人所犯的过失却不同了。最大的庸人是没有自知之明的人，他们总以为自己的聪明超过自己真正所备的聪明。他们所犯的过失看起来很小，伤害的却是人的感情和信心，让人在糟透了的心情之中无法知晓该从何重新弥补和校正。他们无意之中毁了整个事态，而这常常并不因为是他们最初所犯下的过失，倒恰恰是因为他们在不让人知晓的情况之下对最初的过失业已采取了他们自以为“亡羊补牢”的“弥补”。

121. 有人不喜欢你，这是正常的。甚至常常因为他们本身的质量，他们的不喜欢也许并不值得重视。然而，你还是要尽最大努力让所有人喜欢你。尽力做这件事，并不是仅仅为了取悦别人。任何人对你的不喜欢都有理由让你发现你尚未彻底发现的自身的缺陷和错误。尽力让所有人喜欢你，甚至不因为对方已经坚定地不喜欢你而绝望、冷漠地退缩和拒绝，乃是一种乐观的、自信的、宽容的、自律的生活态度。

122. 让遥远的人喜欢你，这是一件容易的事，因为距离模糊了你具体的缺陷。艰难的是让与你朝夕相处的人在心里真正喜欢和尊敬你。此间应有一个冷、热的处理技巧。在现实中距离极近的人，常常更需以内心的冷来对待，尽量少地对他们表白自己的内心、自圆其说以及喜怒哀乐。因为他们有足够的聪明和机会观察、盘算这一切。相反，对待遥远的人，有时倒有必要夸张地表示一下你现时的心情。让这种亲切把空间距离的因素剔除，使得朝夕相处的人常常深感并不了解你，而距离遥远的人却突然感到更加了解了你。

123. 人似乎生来就有挑剔别人和世界的缺陷的禀赋。这让我想到，千万不要以为能挑出别人和世界新的刺头，自己就算眼目敏锐。相反，在懂得人这一禀赋之后，再要求自己不断发现别人的优点，就是一件相当有益的事。一个再怎样恶劣的人，他总有我们值得学习的地方。况且，我们身边究竟有多少人真正称得上“恶劣”呢？

124. 小时候读到“金黄的稻穗”一句，就觉得它假，稻穗黄不错，何以有“金”？而如今，在这深秋里，想到若是能够走到两边沉甸甸的稻穗相拥的田埂，美好、愉悦、激动、又有一丝感伤和苦涩的心情，看来不以“金黄”来形容，实在难以满足。这就是直觉、经验以及直觉加经验（即体验）之间所不同的感受。

125. 所有写作的计划，不该因为其实施的艰难而不完成它们。完成是个重要的概念，哪怕稍稍转移或调整一下初衷，也要完成它们。

126. 狂大的自恋、燃烧才华，都是想成为明星的。在中国，明星的身份极具诱惑，因为中国民众的盲从是著名的。

而艺术家，尤其是作家，不是明星，不能是明星。自以为是的才华害多益少。而严谨、刻苦、努力，绝不放松地研究小事情、小人物、身边的人，这些才是“才能”！这是能力而非“才华”。

我们都太容易以为自己是重要的人物。我们要彻底地从头做起，从小做起。关心和研究他人的生活、命运。

127. 无论你遭遇了怎样的失败，你都必须记住这个原则：你永远要学好。你永远不可灰心、一蹶不振。只有 5 的你愿望做到 10，最终你发现困难重重，如果你灰心，你就永远只可能是 5，甚至要倒退；如果你不被失败击倒，你仍旧乐观，你仍旧知道自己想好，那你还有可能 6、7、8，甚至 9。就这么回事：你永远要学好，你永远要努力。

128. 只要你懂得了激情的害处，那你就该记住：激情是好的，是必需的；激情、冲动、发怒、生气、热爱、狂恋、忿恨，是有益的，是有生命的。

129. 与己无关的写作（零度写作?）实质是不允许对自己所写任何对象有任何偏重的情感，这样才能做到事事都饶有兴趣，该骂的骂，该笑的笑，该同情的同情，但说的都是第三者，与“你”、“我”无关，远得很。

130. 最大的文体乃是思想。

131. 才华与才能。

132. 弄姿从搔首开始。

133. 为了留下作品，而不是自己。因为作品是可以留下的，而自己却不能永留。因为作品是众人的，而自己只是你一人的。因此，你如果有好作品，你就得牺牲一切把它创造、贡献出来。牺牲一切，包括所谓的“自己”和个性。

134. 中国当代：文学的青春时代。

135. 一个男人，最要注意的就是千万不要因为任何女人的任何事情而轻易伤害自己的男性朋友。因为男人的男友来之不易，全凭人格素质方得以与己知心，而男人的任何一个女友，即令她的人格素质再好，作为男人自己，必须发现她于自己的欲望优势。这优势是任何男友所绝对欠缺的，男同性恋除外。故此，一个男人因为一个女人而伤害男友，乃是最愚蠢的事，甚至严重到令他修养失尽的地步。而女人对待她的男友和女友，也同样如此。

真 伪

有一种埋怨，也许由于它们具有让每个人都感到自己有权控诉的性质，而当我们自己也要来控诉的时候，却会感到阵阵隐隐的尴尬和无力。玛格丽特·杜拉在《物质生活》的开首一段文字中说：“没有一篇文字完全反映我一般对所涉及的问题进行思考的内容，因为一般来说，我并没有思考什么，除非是社会不公正这个问题，其他我没有思索什么。”许多并不仔细阅读《物质生活》以及杜拉其他作品的人，读了这段话，也都会不约而同地说：“杜拉写得真好！”因为这“社会不公正”的问题，正是属于“人人都有权控诉”的埋怨。几乎每个人，无论他处于何种境地，他感到自己应该拥有的处境总该大于目前现实给予他的一切。这是不是人类自身不断进取的一种动力禀赋呢？

对“社会不公正这个问题”的埋怨与思考，常常缘于对“社会辨别真伪”的能力的低下的发现。社会缺乏辨别真伪的能力，才鱼龙混杂，总是不能发现“我”的真正价值，而直接导致了褒贬、赏罚的不公正。我们把这“不公正”的罪责归咎于“社会”，也就把自身斥之在外。所谓“社会”，也就是读者、观众，而“我”则不容置疑地成了作者和演员。可怜这也是我们人的一大禀

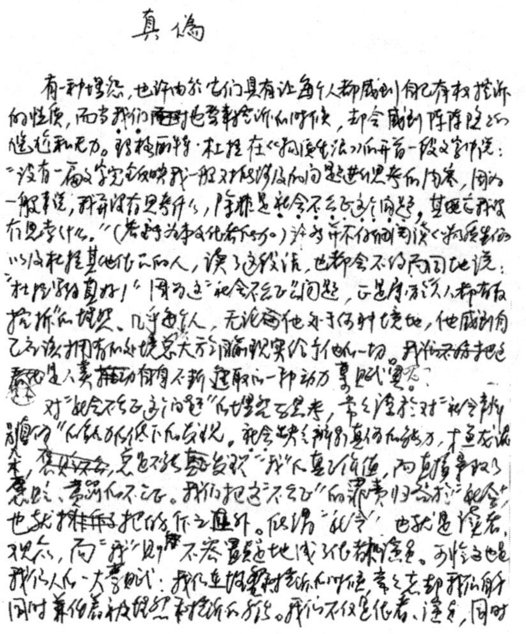
真伪

有一种埋怨，也许由于它们具有让每个人都感到自己有权控诉的性质，而当我们[illegible]也要控诉的时候，却会感到阵阵隐约的隐忧和无力。[illegible]·杜拉在《物质生活》的开首一段文字中说：“没有一篇文字完全反映我一般对所涉及的问题进行思考的内容，因为一般来说，我并没有思考什么，除非是社会不公这个问题，其他方面我没有思考什么。”（[illegible]）许多并不[illegible]读《物质生活》以及杜拉其他作品的人，读了这段话，也都会不约而同地说：“杜拉说得真好！”因为这“社会不公”的问题，正是天下人都有权控诉的埋怨。几乎每个人，无论在他处于何种时境，他感到自己应该拥有的处境总大于现实给予他的一切。我们不妨把它看作是人类推动自身不断进取的一种动力禀赋。

对“社会不公这个问题”的埋怨也是如此，常常涉及对“社会[illegible]”的认识和依从的状况。社会缺乏辨别真伪的能力，才造成诸多，[illegible]它也不能[illegible]“我”人生以价值，而直接导致了悲剧、丑闻的不断。我们把这不公的罪责归咎于“社会”，也就把自己作了豁免。但这“社会”，也就是读者、观众，而“我”则不容置疑地成了它的[illegible]。[illegible]也是我们人的一大禀赋：我们在埋怨和控诉的时候，常常忘却我们自身同时兼任着被埋怨和控诉的身份。我们不仅是作者、演员，同时

《真伪》手稿

赋：我们在埋怨和控诉的时候，常常忘却我们自身同时兼任着被埋怨和被控诉的身份。我们不仅是作者、演员，同时也是读者和观众。我们在责怪社会（他者）缺乏辨别真伪的能力之先，有没有首先责成自身炼就一双辨别真伪的眼睛呢？

可是怎样的标准才算让我们清晰地明晓这是“真”了呢？大凡令我们人类一代又一代前赴后继探讨的问题，都是一些困扰我们并无法以科学的数据加以定位的问题。这些问题，我们说了又

说，众说纷纭，听起来又人人都有道理。可是在这“都有道理”的瞬间，我们不能忽视一个判断：我们承认对方对这些问题的定位“有道理”，是因为我们感到这样的定位对于他这个人而言是恰当的。我想，这里面又是“境界”在作祟。“境界”总是使我们无奈而自律地感知：在我们对“真”的定位之上或之外，还有着更高的、我们暂时确实不能了解的定位。

奇怪的是：我们只会责怪“社会”不公正，我们没有责怪“历史”或“时间”不公正；因为我们隐约知道，历史和时间，确实是公正的。所以不公正或者“真伪”这个问题，尽管每一代人都在探讨，它最终仍是一个当代的问题。事实上，这也是情有可原的：当代要关心的问题总是如此之多，公众的生存，无数信息对视听的覆盖，政治、暴力、新闻与众多贫瘠心灵之间的相互迎合和刺激，当代实在没有闲暇和精力来关注这本来就难以定位的真伪问题，只能把它扔给历史和时间了。而当代与历史的关系，一如亿粒砂石之于一粒或半粒珍珠，所以，当代仍旧是历史。因此事实上我们大可不必担心：“社会”，仍旧是公正的。对“真”孜孜以求整整一生有如杜拉者，在自己的老年仍旧老话重提，实在是不忍心自己活着的时候（当代）依然遭遇着这样的问题，也实在是对当代、乃至我们人类自身命运的一个不大不小、无奈而轻蔑的调侃。

所以我总是说，一个人，他必须经历长时间的对身外涌现的人事（亦即当代）缺乏兴趣的生活，他才能拥有真正的、入骨的辨别真伪的能力。缺乏兴趣，并不意味着事先就不想感到兴趣的封闭状态。事先感到兴趣，然而是以一种冷漠、理智的心境对它们感到兴趣，思考它们的真正本质，涌动的最初缘由、它们即将波及的分量以及它们对未来的意义。实际上，这要求我们面对每一条纷纷涌起的当代信息，都提前以历史和时间的公正和残酷来加以判断。

众多能够辨别真伪的眼睛的炼就，一种基本必须的秩序也就到来。这是一个持久的盼望，也是我们首先自身长期的要求。

1998 年 8 月 6 日，常州

重塑“70后”

以一代人的出生年份命名这代人的写作，“七十年代以后”的提法本来是可以质疑的。尤其是七十年代出生的中国写作者，与上几代作家以政治生活为主的单一的成长背景相比，经济改革之后五彩斑斓的社会生活使得他们的写作无论是关心的话题、关涉的生活和写作方式，还是面对写作的心态和写作追求乃至价值取向和审美倾向，都难以找到一个较为集中的共同点。或许正是这种“寻求共同点”的艰难，以这代人的出生年份命名这代人的写作才成了无可命名的命名。经由几家杂志两三年来不遗余力地分别以“七十年代以后”、“七十年代女作家专号”等栏目刊发大量的作品，以及媒体的热心炒作，现在，“七十年代以后”已至少成为一个语言事实。

事实上，在文坛推出“七十年代以后”更早一些时候，1996年2月出刊的南京民间文学刊物《黑蓝》最早明确提出了“七十年代以后”作家群的概念。但是两三年来的事实证明，文坛推出的“七十年代以后”与《黑蓝》呈现的“七十年代以后”有着本质上的区别。而目前众所周知的“七十年代以后”的写作现状正是前者。我们发现，文坛推出的“七十年代以后”使得这一命名有以下两大特点：一、女作家的数量远远大于男性作家，女作家的作品数量更是多得惊人；对作家性别的责难本身是可笑的，然而我们的责难正是出于我们对文坛在呈现“七十年代以后”女作家时进行了刻意炒作的发现。二、以一些女作家为主的“时尚女性写作”严重遮蔽了“七十年代以后”创造、真实、艺术和美的文学的创作。由此，目前“七十年代以后”的命名实质上完全被“时尚女性写作”的现实所替代。

“时尚女性写作”的重要标志，是这些女作者在其写作活动的内外利用各种方式方法以达到令读者乃至公众更为关注的是她们本人的目的。为此，她们随时随地不忘宣告公众她们的性别为女，年龄为青春年少，容貌为羞花闭月，性观念为自由开放，性欲旺盛，情人接近三位数，头脑是除了名利之外都很简单，日常生活为迪厅、酒吧吸毒“DJ”准意义上的摇滚乐，生活环境为富裕优越，情调为自哀自怜有点委曲，经历为坎坷沧桑自强不息，人生观新得前无古人，才华是天才，叙述方式为歇斯底里信口开河，语句是怎么耸人听闻怎么用，写作字数数十万以上已近百万。所有这一切，都只为了告诉你：我是一只巨大而美丽的爆竹，我将要爆炸，我的爆炸将是惊人的。但是请放心，她们不会把自己炸毁，她们清楚得很，她们等的只是投送过来的注视和掌声。注视和掌声一消失，她们是要变的。在本质上，她们与目前国内的流行歌手是一回事：她们感到自己是明星，值得无数男女爱慕不已穷追不舍。所有当代最易令公众敏感的前卫信息，她们都配有

《黑蓝·创刊号》封面、封底

开启的密码。“新新人类”或“另类作家”的“荣耀冠冕”，她们更是惟恐自己戴不上。在所有遮蔽体肤的衣衫背后，深藏的是不择手段以任何疯狂、叫嚣和献媚的方式迅速获取名利的卑劣目的。似乎文学到了今天的中国，性别、年龄、容貌、性欲、交际和时代表象的无数时髦信息，以及那些事实上只是不成熟的虚荣心理在作祟的写作字数、学历的攀比，都超过了文学本身的艺术、技巧、精神、思想以及审美的价值取向。

她们的写作很大程度上接受了两位与她们同性的优秀作家的遗毒的影响：一位是中国的张爱玲，另一位是法国的玛格丽特·杜拉。但这并不意味着她们对这两位女作家的文学属性以及写作状况有着深厚的了解。这两位极其迷人的女作家，由于其过于独特的个性和才华，事实上在客观上具有天生的不可重复性和不可摹仿性。然而急功近利使得“七十年代以后”女作家来不及考虑避嫌而急切、放肆、粗糙而拙劣地陷进了这两位作家极具个性化的写作漩涡。在这场不自知的拙劣模仿游戏中，她们最大的失误是没有意识到这两位作家之所以成立的根本乃是因为她们的“点金之手”的存在，而不首先是她们去摸的石头和方式。而令“七十年代以后”女作家青睐并着迷的正是后者而非前者。说明这一点的重要性在于：每个时代的“时尚题材”和“时尚手段”并非雷池或禁区，重要的仍是艺术家本身面对它们的态度、视角和点石成金的功力。

她们的写作紧追时尚效应，以使其自身（而非作品）成为公众关注的焦点，其过程真正牺牲的正是对文学艺术创作的基本思考和文学理想的追求。而“时尚女性写作”之所以与一些杂志一拍即合，正暴露出这些杂志的文学鉴赏力的衰竭、昏聩和慵懒，也暴露了他们在发掘文学新人时所持的不良心态。在这些杂志编辑的脑海里，热点效应永远大于文学本身的价值：由于编辑制度的不健全，众多编辑本身的素质也实在难以担负操作既具文学价值又有热点效应的文学编务。然而他们最不该忘却的是：放任、推崇卑劣的同时又抵制、压抑（或者干脆是因为缺乏辨别的能力而无意地忽略与漠视）优秀，罪责将是双重的。如果“时尚女性写作”是已呈现的“七十年代以后”写作全貌中的一部分，我认为这还属正常，但倘若因此而有意无意遮蔽那些更有意义的艺术的文学创作，而使“时尚女性写作”成为“七十年代以后”的代名词，这就使“七十年代以后”的呈现显得严重失实，因为从事创造、艺术、真实、思想、美的文学创作的“七十年代以后”的写作者不在少数，“七十年代以后”的写作现实远非如此时尚而单调，如果他们的写作就这样长期被我们的文坛所遮蔽，那不仅是对当下中国文学的不忠实，也是对将来的中国文学的不负责。为此，我们郑重地呼唤：重塑“七十年代以后”！

重塑“七十年代以后”：创造、艺术、真实、自由、思想和美的文学创作，以及独立的精神世界和深刻美好、触动我们心灵的文学理想的追求，应该成为我们苛求“七十年代以后”写作的主要原则；性别、名气、是否公开发表过作品、地区、作品的篇幅、体裁都不应该成为限制的标准。本着“文学与年龄无关”的认识，我们甚至不该拒绝出生年份接近 1970 年（如 1968、1969 年）的优秀作者。我们对文学群体的划分应该首先取决于写作者面对文学的态度、对文学理想的追求、他们的文学原则以及精神气质的相似与否，而不应该继续轻易而简单地依赖于时间的概念。

重塑“七十年代以后”：我们期盼中国文学深层意义上的独立。我们渴盼中国文学从此逐步脱离政治、改良、社教、道德、宗教、文化、功利、野心以及时尚的左右，首先回到文学本体的建设。同样，我们并不抵制“意识形态的”、“道德改良的”、“知识分子的”文学，我们只是认为“文学性”、“艺术性”应该是文学的首要特质；而后者长期以来几乎从未得到中国文学界乃至作家的健康重视。

重塑“七十年代以后”：我们盼望通过此次行动，集中而健康地体现“七十年代以后”不为时尚左右的真正文学艺术创作的真实面貌。

1999 年 1 月 19 日

说话方式

1. “为艺术而艺术”、“任何艺术都是诗”，这些貌似形而下、化大为小的说法，多年以来不仅被一般的批评家、读者所误解，也被几乎全部艺术家本身所误解。“为艺术而艺术”，不是说以艺术的方式对待任何事物；“任何艺术都是诗”，不是说以诗的方式对待任何艺术形式。不是以艺术或诗的方式，而是以艺术或诗的目标，来对待任何艺术形式和社会事务。最初人们把这样的说法误解为艺术家的偷懒，提倡艺术家不去关心生活，不去关心艺术之外的社会而沉溺于艺术自身的象牙塔。事实上，这些说法恰恰相反地增加着艺术家的难度：艺术家或诗人不仅要足够多地与常人一样去了解生活，还要通过自己的点金之手把足够多的、那些前人还不曾点过的、貌似无法点成诗学意义的事物都做成诗。

2. 文学的最大魅力是在“说话方式”上，而非思想、观念、技巧或其他方面有所建树。或者说，“说话方式”是最大的思想。观念、哲学不是最大的思想。“说话方式”直接产生着文体、语言、结构、修辞，其魅力因其自然和潜隐而无穷。观念、哲学性的小说，其魅力终可穷尽。

“说话方式”并非我们任何一个时段内口语的直接录音，而是作者长期思维方式制约下的口语。它是声音，是说话，更是艺术。“说话方式”高于观念、哲学，它甚至可以涵盖后者。所以，写作不是思考，而是说话，不是思绪表达而是声音表达，是速度，是声音，是朗诵，是吟唱，是节奏。文学像音乐，其灵魂是节奏。

1999 年 3 月 3 日

关于“先锋”、“后先锋”文学

我并不了解“先锋”或“后先锋”的文学究竟是怎样的一种情况。我自己在数年的写作过程中却遇到了另一些我自己认为重要的难题。一直占据着首要位置的，是面临自身、迫向自己内心陌生、黑暗而又灿烂的角落（却与记忆无关），听到自己的心跳声。不知道为什么，这样的写作，却愈来愈难。现实始终不如最初的愿望那么顺利，常常它甚至专门为了调戏那最初的愿望而来；时光的推移似乎总在为“文学”、“艺术”最初给予我们的感动逐渐叛离我们而提供各种更为强硬的理由。与此相应，为现实而写作，为了除自身心跳之外的这个现实世界而进行的写作，——以此为终点的转变又是多么地水到渠成。其转变的“自然”则主要体现在诸多的命名之中；实际上，文学、艺术界的命名已然成为遮掩这更为重要的写作目的之转变的面具，正如管策所说：“艺术的欺骗性就在于它仍然可以用语言去替代部分的表达。所以纯粹的艺术可谓无人可懂。后现代艺术的形成肯定了运用这种欺骗性的智慧。”我想，目前大多以命名为目的的文学，也大抵如此。

也许由于对“面临自身、面临内心的刺击和打动”过于重视，我似乎一直没有遇到“技术”问题。洪水来临的时刻，一切泥沙的去留都已在流动中解决；没有解决或解决不了的，也许正是命运的要求。

在写作中，无论是单篇的作品，还是终其一个作家一生的写作，我们都需要一个力的均衡。不是题材就是方式，或者形象、色调和声音，总得有一件打动或刺击我们的心，而后其他的因素跟上来与之均衡。如果写作的所有因素都能做到这一点，这将是最幸运的事。最终能够安慰于心的，是均衡之后、有别于业已熟悉的力的总和。但是这样的光照总是很难降临。

出于对“自我封闭”的担心，两年前我开始了解我们成长其中的所谓“背景”，我发现，一定还有一种“文学内部的文学”或“写作内部的写作”尚未到来。冒失一点地说：当下文学的整体状况，是非文学的。作为试图为摸到自己心跳而写作的人，虽无须躲避这个“背景”，但必须漠视它。漠视当代并非高傲，而是我们基本必须的常识。不管自己手里的是金子还是石头，打下去磨下去就是了，直到你自己满意为止；但必须得让你自己满意。

1999 年 4 月

虚伪的“断裂”

1998年6月，我在常州收到“断裂”问卷，信封是“东方文化周刊”的专用信封，信封上是《东方文化周刊》编辑楚尘的笔迹。

信封里除了一份空白问卷之外，还有两份已经写好答案的问卷复印件，一份是韩东的，一份是鲁羊的。

韩东针对“断裂”问卷的回答充满了偏激、粗暴的用词：“狗屁”、“毫无”、“完全”、“从不”，以显示出对当时文坛的否定和批判的情绪。附有韩东等人的“参考答案”使“断裂”问卷显得很奇怪。

问卷上没有说答卷会不会发表，此后也没有任何其他的信息告知是否会发表；同年十月我搬到南京，与韩东、朱文等有所接触、交往期间，也从没有人告诉我我的答卷将要公开发表。但不久，就看到《北京文学》1998年第十期发表了“断裂”的全部答卷（《断裂：一份问卷和五十六份答卷》）。

让人感到吃惊的是韩东的回答竟然大部分都改掉了；与当初随问卷附寄给我的他的那些偏激的短语不同，现在《北京文学》

上他的回答大多都改得文质彬彬，更具“理性”，当初他的粗暴口吻给其他参与者产生影响和鼓动，而事情一经完成（目的一旦达成），他则需要在“大众”面前“恢复”正襟危坐的“哲思”腔调。

“断裂”提问涉及对体制、一些具体的机构和有名有姓的作家（哲学家）直接表达个人意见，因此这份答卷是否公开发表，将导致答卷者不同的心态和表达，甚至会影响他们重新决定是否参与，因此发起者理应对是否发表提前作出说明，事后未经答卷者同意而擅自发表，则是对同为写作者的答卷者的不尊重。

最为重要的是，发起者自始至终把“发表”的计划秘而不宣，最终将这些答卷擅自发表时，把因“发表”所产生的修改的需求和权利留作己用，却无视其他答卷者可能存在的同等的需求。

按照发起者的意愿，“断裂”指向的是中国文坛的虚伪、腐败、昏聩，而事后发起者大量的阐释性文字也将“断裂”与“真理”、“革命”等词相连，但上述行径却让人感到，他们所反对的，正存在于他们自身。

无门的写作

1. 危 险

这也许是我长期以来的偏见：在一个前不着生、后不靠死的“中间地带”，尤其是在我这样的实际上仍属于“学习写作”的阶段，要一个写作者自己站出来言说自己的写作，以及与自己写作相关的生活，是艰难和危险的。我不知道，一个写作者，他什么时候、几岁开始写作，已经写了多少年，“业余写作”还是“专业写作”，已经写了多少字，已经发表了多少字，出版了多少本书，以及它们总共销出了多少册，得到了外界怎样的评论，这一切对一个写作的人、一个真正写作的人而言，究竟有什么重大意义？麻烦的是：迄今为止，我的写作仍不存在一两个明确的、单一的、利于人们言说的“风格”（虽然这样的状况是我的有意使然），因此，要在这样的“自述文章”里言说自己的“写作观念”和“写作原则”，也几乎是不可能的。

2. 源　头

1988年在中师开始写作时，从事的基本上是一种与我同龄的女作家在今天所从事的“偶像型写作”。因我当时个人的写作和创办文学社、印期刊而纠集在一起的一大批少年写作者们，也大多有着这种意欲一呼百应、自命另类、乃至强烈的自我明星感的气息。在那小小的中师校园里，我和我的“雪”文艺社在长达三四年里的“明星效应”，用上“叱咤风云”应该不算过分。常常，在回想这十几年来的轨迹时，我很难梳理自己如何可能从那样一种狂嚣般写作气息中，竟然一步步走到今天的样子：表象上的转变完全判若两人，恍若隔世，而内质却又是那么地顺理成章。当然，我需要、也感谢这份转变。

现在想来，开始写作的原因是模糊的。我甚至没有完整地读过一本文学作品。一定要找出一个开始写作的原因，就是人感到了压抑。可是那似乎说明不了什么，因为那可以泛称之为“青春期的压抑”，每个人都有过，这种压抑使青春期的人思维活跃、精力过剩、对万物过敏，同时使他们开始无意识地、实际上也许又可能是命中注定地选择他们一生的事业。我选择，不，甚至没有那么刻意地去选择，就只是：我写作。

致使一个人开始写作的最初动因，并不能成为他将来一生的写作生涯的永恒的策动力，尤其当这最初的动因是“青春期的压抑”时。写作者不能因为这“压抑强烈了一点”而证明自己在最初的“特殊”。这是一个必须澄清的常识：写作上的“特异性”，并不在于表象上的“新鲜”与“陌生”，另一些元素比如作为一个写作者的内核和视角，才更为重要。不仅仅在于你写了“新鲜题材”，更在于你面对这些“新鲜题材”是否具备特异的视角。这也是导致我经常怀疑青春期写作对成年之后的写作的意义的重要原因。

3. 转　变

转变，始于我辞职之后的1992年。一年的小学美术执教生涯使我明白：我必须尽快辞职。因为自从上班之后，我就再也无法写作了。无法写作的原因可能很多，但那时的我认定首先得把工作给辞了，让所有的心思全部回到写作上来，才是至关重要的。辞职之后，我回到了念中师的常州，租了一间屋子，开始读书；并从此开始了缓慢的、真正意义上的，或者确切一点说，是成年意义上的写作。当时文学圈盛行米兰·昆德拉和卡夫卡。最初的阅读使我感到：文学，不仅不是为了表达政治观念，同样也不是为了表达艺术观念、思想观念；文学，必须首先回到语言之美（例如孙甘露的作品）；然而这绝不是一种虚浮的语言之美和仅仅是语句抑或音调致幻的美（同样是孙甘露的大多作品），它仍可以、甚至必须是一种具有富足实体的、但不再与简单表达观念有关的语言之美。无观念的语言表达又必须同时传达出在它们的底下、在它们的背后有着“故事”，并且这“故事”魅力无穷，令人想象不尽。

4. 真　伪

我常常感到：我们时代的麻烦并不在于对作品优劣的揣摩和辩论，而是它依然停留在对事物和作品的真伪都仍需花费巨大的精力去辨别的初始状态。我深感这是一种巨大的浪费。虽然面对时尚之风我无能为力，但我可以拿自己开刀。一个人，他必须经历长时间的对身外涌现的人事缺乏兴趣的生活，他才能拥有真正的、入骨的辨别真伪的能力。因此我认识到在修学的最初，数量和真伪的孰轻孰重。“我相信我所走的路是自己的路，我相信自己走的是正路”（纪德《人间的食粮》），如此简单而不僭越的自信，在我们最初的修学生涯中，是多么重要。

5. 伤心夏季

在黑屋子里呆了整整一年，夏天来临的时候，随着毒辣的阳光静静地铺泻，我甚至听见了自己那仍在发育的骨头嘎巴作响。现在，我盼望出去看一看；我想，我至少得到外面看看自己这一年来的“修学”到底起不起作用。于是我带着“闭关”一年所得的一件不足五千字的、已经改了好几遍的《伤心夏季》来到了上海。

最初我是为了看一看大学、看一看别的同龄人来到复旦的，但是为了听课，我必须完全打乱我多年的作息，必须每天早上就要起床；我左右权衡了一下，觉得必须恢复中午起床、凌晨睡觉的习惯。这样一来，实际上生活习惯和生活内容又与在常州租房子时大同小异了，但是感觉不再相同：我不再那么沉重；出来看一看之后所获得的最初的自信，也使我轻盈而快乐。然而轻盈和快乐并没使我写得多起来，只在年底又把《伤心夏季》改了两遍，并最终将之改定。这篇短文的写作，是我正式走上“中间”之路的标志：脱离那些你本该属于的年龄、时代、环境乃至作品创作最初表层的起因，只有面对虚无（不是消极意义上的虚无），你才能真正摸到你的心。我对浅表的“激动”不再有兴趣，但也本能地躲避理性的观念性写作：我不再愿意走在任何事物表象的两极，倒更情愿承受“中间”的挤压、掩蔽、夯实和无声。通过这篇短文的写作，我还懂得：你真正要说的，你不说，而通过它周边的丰富的信息耐心地将它堆积出来、却又明显区别于刻意晦涩的魅力所在。

我甚至等不及复旦住期的结束，因为我知道一离开上海，无论到哪里，我就有很多作品要写。我急着要去写。1994 年夏天，我住到了南京。所以你看，我每次重大的搬迁都在夏季，赤日炎炎，白花花的石头和蓝盈盈的大海同时融化，这也许正是“伤心夏季”的由来。

陈卫自印小说集《中间》封面（1997 年）

6. 无门的写作

也许是巨大的激情反而遏制了声音，初到南京，我的写作仍旧不顺，半年内只完成了《被迫接受》这过渡性质、顺引性质的短篇小说。直到 1995 年，由于现实中我祖父的死，再加上内心沉淀也许已水到渠成，我写出了至今仍对我很重要的作品（虽然这不是我所盼望的），尤其是《世界》和《中间》。但是我总感到自己的作品并不适合当时的文学杂志。我不知道为什么，实际上时至今日我仍旧经常地感到自己的作品并不适合我们的文学杂志。不是好与坏的缘故，而是写作的基本追求。就像一个拼命往外冒往外鼓的，和一个死死往里挖、往底下钻的，本质上大相径庭。

我的麻烦是：我既不身着前卫或先锋的外衣，又不是写现实生活敏感话题的那种。如果说我的小说难读，却又不是那种外表就让人望而生畏的难读，他们说，我把进入我小说的门都有意地给关闭了，只留了一扇视读者不同而不同的假门，让人兴致勃勃地进来，最后却不知道你要说什么。也不是完全不知道你要说什么，是好像知道，但又不确定。是的，我想，这正是我盼望中的写作。我盼望中的写作，就是希望一种杜绝、关闭或者说斩断该作品生长环境的写作。凭空而起，在现实之中无所指证。在题材、结构、技术、语句等表象上，我的写作都是“无门”的。它所有成立的起因，不因为我这个作者在普众意义上的现实生活所思，只因为它这个作品本身更微妙的、更神奇的、也许最初与该作品毫无关系的原因而成立。也就是说，在一个作者的艺术生涯尤其是他的作品中，作者没有目的，没有（批判、歌颂、反思、总结、迎合、反对）时代的目的，没有主题的目的，没有技术革新的目的，没有因现实问题所逼的目的，没有解决记忆的目的，更没有伤痛的目的，甚至没有语言革新、道德革新的目的，只有必须完成这件作品。或者说，别样的美，这惟一的、被迫的目的。

也许“意象”是进入我小说的惟一重要的门，然而急切焦虑的当代中国如何会有耐心和精力关注“意象”呢？正如诗人西川在随笔《我们的处境》中说的：“事实是，在大众读者与文学家之间存在着天然的距离，而一个作家若以读者为写作标尺，那么他只要为读者提供一种生活方式就行了，无论他提供的是人们渴望的生活方式，还是人们怀念的生活方式。……凡包含着某种生活方式的作品都可以流行，而深邃的思想、高超的写作技巧似乎反倒可有可无。对于中国人来说，没有什么比生活方式更重要，也就是说，没有什么东西大于生活方式；人们对于一些与灵魂有关的基本问题，诸如信仰、怀疑、必然性、偶然性、惩罚、存在等，或闻所未闻，或漠然视之……”中国二十年来几乎所有能够流行的文学，可以说都在这个“生活方式”的规律之内。

7. 正视与无视

一个试图完全做到脱离他的时代的人，是虚妄的，也是不应该的。时代如果存在，却不是因为我们试图脱离或者顺应它而存在。所谓“无门”，也实在是针对时代而言，而并不是有意为之、必须如此。我们时代的时尚性、急切浮躁之风，也是我们时代的人口过多、物质过于贫乏、机会过于稀少所致。语句简单、情绪躁动、意义明了、中心思想明确、形式花哨、搞笑、调侃、以创造“大众流行语”为乐事以及题材的刺激，或者正与这一切反其道而行：有意艰涩、刻意翻新，这一切，我想，正与耐心的缺乏成着正比。安静地深入人心的艺术已然不再存在。但是，我认为，这仍旧只是“这个时代”的标志，并不能说明艺术的标准已经跌价。因此，正视之后的无视，不是一件赌气的事，它只是：“必须如此”。

8. 早临的虚无

由于1995年上半年写得疯狂（状态上的，而不是数量），虚无也过早降临：早临的虚无令人窒息，无所事事却又斗志昂扬，摸摸这儿，摸摸那儿，没有一个能在质量上回应你的声音。我盼望行动。我身上有一层厚厚的自缚的茧，只有行动方能将之挣破。1995年的下半年，我着手筹办《黑蓝》。《黑蓝》“创刊号”在1996年初出刊后就因故中断，夏天，我又搬回了常州。由于依赖做《黑蓝》的行动打破我早临的虚无的愿望破灭，我带着巨大的、多方位的后遗症在常州开始了拓展性质的，不客气地说又是多少有些妥协性质的写作。最初的愿望非但没有实现，却带来了更多的后遗症；后遗症多一点倒也无妨，因为反正目的是为了挣破早临的虚无，麻烦的是这后遗症却是别样的性质，不仅对早临的虚无不起作用，更让人不得不面对更为广袤的虚无。这种后遗症写作、妥协性质的写作甚至延续至今，可见其麻烦之大。

9. 妥协与均衡

妥协，在这里已经不是纯粹的贬义，它体现在我从此对“现实题材”的接受。但是，接受的仅仅是“题材的拓宽”，“无门”的标准依然不变。所以我“现实题材”的作品并不是为了来“阐释”我的“虚幻”作品，它们仍然不具令人“兴奋”的“可读性”。在“虚幻”、“现实”同步之后，我逐渐敏感于一个写作者的“均衡”：我想，一个人，是需要均衡的；一个人只有抵达均衡，他才能安全地站稳在地上。不仅是题材的拓宽，每种题材的各种写法，我都有必要要求自己尽最大努力地一一尝试；自然，拓宽并不意味着混乱，自我选择的倾向依然散见其中。这直接导致了我的写作时至今日不仅没有一个单一的、尖锐的、长期关注的、一劳永逸的题材、观念、结构、技巧、语感乃至语速，也没有一种单一的、尖锐的、长期关注的、一劳永逸的语言和意象。“无门的写作”，同时成为“百变写作”、“没有风格的写作”。我逐渐发现自己另外有着盼望，盼望自己的每一个作品都有它自己不同的性格，但它们加在一起时却“没有性格”。或者说，“另有一个共同的性格”。我本能地抵制那种每一件作品的性格，也正好是它们加在一起时那同一个性格的写作。嗓子虽然是一个人的，但它可以、也应该发出各种不同的声音。

1998年之后，我几乎是写一篇“虚幻”的，接着就需要写一篇“现实”的，我就像挑着一副担子，不能有一头太重。但我心里更看重的，自然是“虚幻之作”，我甚至感到我最重要的艺术理想只有依赖“虚幻”作品才能完成。在常州的两年，比较满意的作品有《被迫接受Ⅱ》、《你是野兽》、《喜玛拉雅山上的温暖》，以“整理思想”为目的的两本手记《虚无之后·修学》、《末世情怀·心迹》同时尽最大可能地为我放着毒。1998年11月，我重新搬到南京，至今。

10. 危　险

无论怎样地谨慎，这样的文字终究不可能不落得一个“自我辩护”的形象，虽然谨慎并不因为当代而生。每当我听见别的写作朋友对自己“写作”这行为本身提出质疑时，我总是暗暗奇怪：我就像一个陀螺，从来都在它自个儿的世界里旋转，也许过程中确曾有过“重大事件”，然而旋转是它最基本的需要，这是惟一无需怀疑的事。也正因为此，我常常感到自己从15岁开始就没有什么变化。我甚至没有感到这十数年的时间使我变大、变老。道路修远，甚至不是我们自己乃至我们时代的所有同行全部的一生就能将它走尽。在我们有限的一生中，我们还有的是时间，我们还可以有限地、无数次说“再见”。

2000年4月

红别离

1. “七十年代以后”迄今为止的写作现状，如果正是市面上所知晓、所传播的情况，那它无疑没什么好说的。是不是每个被称为“70后”的写作者，都必须对他们头上的帽子表个态？我看没那个必要。据我所知，很多被纳入“70后”帽下的写作者，对“70后”的称谓早已没了兴趣。我觉得：所谓的“70后”早已分崩离析；而这正是再好不过的事。各人忙各人的，让自恋的继续自恋，让沉默的继续沉默，甚至让不同的沉默者继续他们不同的沉默，“今天”并不说明任何问题，“将来”如果是为了证明给别人看，也是傻蛋。在这里我不想说出“道路修远”这样的词，以免让生猛者笑掉大牙，但我确实清楚自己的脚还没完全跨进门槛。此话毫不谦虚；我至今仍为此痛苦。环境再怎样恶劣，限制不了艺术的写作；而况写作不需要什么环境，它成不了任何借口。甚至从绝对的意义上来说：写作，与发表无关。我的写作、尤其是即将从事的写作，是这样的属性。这不伟大，也不高尚，只是正常：我，正常地，写作。

2. 其实，没有谁的生命重要到如此：需要如此浅薄而狂热地自恋。在他们的幼稚和拙劣的映衬下，实际上他们早就不再年轻，而是年岁大得惊人。人口的众多，机会的相对稀少，使得渴盼“成功”的人心更加浮躁，也使得具有一蹴而就属性的“明星”轻易能够获取万众的盲从。他们以为这是好的；他们误把虚名、高位和财富当成了永恒。由于这是时代的属性所致，因此这种急切的心态伤害的其实不仅仅是中国年轻一代的写作，也伤害了艺术的其他领域，比如美术。如果硬要给自己加一点“责任心”的话，眼见着成群的更年轻的人急切浮躁地卷进这个所谓“艺术”的漩涡，不能不有些难受。这难受也许是因为他们更为“年轻”？我问自己；答案是：是。而所有有志于艺术的人，如果他们最大的“资本”就是年轻的话，事情将显得多么严重。当然，这一切仍在静静地延续。

3. 我在许多类似“创作谈”的场合，都声称自己不知道说什么好，或者干脆沉默，而熟悉我的朋友都知道我不是一个无话可说的人。是的，这有深重的原因：我清楚时至今日，我在作品之外说出来的话，必定坚硬于、大于我的作品。我不想让这些大于我作品的话漏出我的口腔。也就是说，相对于作者的身份，目前的我更是一个优秀的读者。我扪心自问：我不是任何教派的教徒，但我自感在我心里有双盯着我自己的眼睛，我的一切言行须得经由他的过目。因此我所有的自信和不自信均来自于他，而非外界。我自己的斤两也都放在他的天平上称，而非以外界的对比或悲或喜。我自然清楚“自由”和“狂放”的重要，但这双眼睛的盯视和限制，我必须、也情愿时时接受。我的意思是：在这双眼睛的盯视下，自由地狂放。

4. 这两年来，我的尴尬和疼痛正是来自于自己心里的眼睛和外界这二者之间经常互相对撞的刺激。在这双眼睛的盯视下，我深感自己稚弱不堪，然而更其稚拙恶劣的外界却又常常迫使我不得不说话；不得不说。当然，最终我几乎全部顺从了内心的眼睛的意志，选择了沉默，保持着微笑。鲁迅说："当我沉默着的时候，我觉得充实；我将开口，同时感到空虚。"这正是一种无声的疼痛。甚至为了放毒，我不得不多次把必须要说的话写成文字，但决不拿出去发表。如此"中间"的行为起了均衡作用：释放了毒素，但不漏出口。同时我思考过这样的行为是否意味着我惧怕与人面对面地交锋呢？答案是：否。但是现在我没有时间，我没有精力，我不愿把精力花在这件事上，我更重要的、并且现在还根本没做好的，是我的写作；我深知一旦作了准备做这件事的决心，是再也回不了头了：鲁迅就是经验；我甚至不能保证"将来"就一定有这个兴趣和时间。我敬重做这件事的人，包括鲁迅，因为不消说鲁迅时候的中国文学，实际上今天的中国文学，更需要五十个写杂文的鲁迅，还得同时不停地连做五辈子。

5. 在作品之外说的话如此坚硬，而作品的不自信又不是因为与外界的对比，那我"开了十年的头"、"在门槛外面徘徊了十年"所写的作品究竟算些什么事情呢？它们难道一点都不能是指证这些作品之外的话的坚硬的理由吗？那貌似柔弱的它们与它们之外的坚硬的话究竟是什么关系呢？我仔细地想这件事；等我有点明白过来的时候，却只能打一个也许比较恶心的比方：原来，我一心要去远行，这十年，都只仅仅是为这场远行做着准备。它们外形散乱，东一榔头西一棒，互相之间貌似没有联系，但惟有跟这远道联系起来，脉络方才清晰。今天既然能够把这些话说出来，确实意味着真正上路的时日近了。于是必要的、炙热的别离也将一一出现。对此我有部分的经验：因为有这场远行潜隐地存在，十年来，我也曾作过短时间的奔走，红色的别离也曾承受过几回，在其中也领略过自己足够的理智的兽性。也许，最后我只剩下惟一的祝愿：祝我身体健康；祝所有有志于远行的人身体健康。

2000 年 5 月 31 日

张爱玲与杜拉

大凡天才，他们的第一共性似乎就是自恋。天才的自恋与一般人的自恋的区别在于：前者的“自”是值得“恋”的。这种说法无疑极易招来一片骂声：因为它似乎意味着天才之外的“一般人”的生命就不值一提；这只是一个误解。因为生命除了天赋，还有后天的诸多努力，没有后者，再好的天赋也都只是一粒饱满的、但却闲置于柏油马路上的麦种，惟有等死而已。因此我们有必要理智地认识到：一般人的天赋与天才的天赋确实有着巨大的区别。作为人的本性之一，自恋本来就无可指责，只是在自恋的限度和“凭什么自恋”的责问下，天才与一般人的天赋的区别也就一目了然。

女天才与男天才也是不同的。经验告诉我们：男天才似乎总有暴力倾向；而更关键的是，男天才的性情内质中，总有一份女性情怀。这常常让我们感到：天才，属于女性（作为一个意象）；一如玛格丽特·杜拉所说：“文学，是属于女人的。文学里讲的是她们，或者是她们从事文学，都是女人。”

并不是每个天才都在一开始就知道自己的才华；尽管这样的天才委实不多。大多数天才都在很小的时候就知道自己的天才，并尽最大可能地以最快的速度将其释放，以迅速抵达他们最终的爆炸或辍笔以及与辍笔意义相似的江郎才尽、一蟹不如一蟹。能够长寿、尤其是文学生命长寿的天才，少之又少，似乎正因为如此，才有将拜伦、雪莱、兰波、海子等人称作“短命天才”的说法。

杜拉是属于很晚才知道自己天才的一个，她在1950年36岁时才完成的《抵挡太平洋的堤坝》及其前面的写作基本都是一种很本分的写作。甚至可以看出，此间她的写作，也一直处于摸索状态。她的天才，直到1958年的《琴声如诉》方才得以真正体现，她的写作，也才开始如鱼得水起来。而张爱玲却不同，她的小说《牛》、《霸王别姬》和散文《迟暮》、《天才梦》，看着她完成它们的年纪（分别为15岁、16岁、12岁、18岁），简直令我们目瞪口呆。然而张爱玲正如大多数天才一样，在很小的时候就知道了自己的天才，中年以后的写作却在走下坡路。

不过，事实上这一点也是无可厚非的：对于一个写作者而言，惟一重要的，只是他写出了好作品，至于他写它的年纪是大是小，至于他一生的写作是否走下坡路，甚至他是否具有“天才”，似乎都无关紧要。天才作品中有好也有坏，不是天才作品的作品也是这样：同样有打动人心之作。然而这一切都只是对一个“写作者”的意义，对于一个“人”而言，我们需要的则是了解更多的生命类型和如何更好地使我们自己的生命走向灿烂的经验。了解、分析天才，以及分析各种天才的意义，也正在于此。

由于普遍的自恋倾向，天才特别容易囿于自己的视野所见；纵然天才最初的视野要远远广于、尤其是深于一般人的视野所见，然而如果长期迷恋于自身的杯子而不倾倒或吸收，杯中之物也终有一日会腐烂发臭、变成毒素。正是在倾倒和吸收的问题上，天才们才真正承受着甚于常人的麻烦：因为他们的天赋是那样的强大和具有魅力，同时也坚固倔强，倾倒和吸收得少的话，根本不起作用，杯中之物依旧会腐烂发臭；倾倒吸收得多的话，他们又面临着随时失去自我的危险。天才们过敏的自我保护意识同样会使他们觉得：一旦自己的作品失去了“自己”，写作也就成了他们蔑视的“平庸写作”，而一旦他们的写作变成了他们认为的“平庸写作”，他们对自己的要求会使得他们认为：还不如不写。正是在这个节骨眼上，天才们自毁、自我爆炸、改行（尤其以改向更为行动的方式为多：如拜伦、兰波）、自然辍笔等转折出现了。在这一点上，永远有让后人取之不尽的经验的，似乎是歌德：他早年的《少年维特的烦恼》是一部明显的天才之作，然而其晚年集六十年功力完成的《浮士德》却令人高山仰止：究竟是什么填补了其间的罅隙？歌德 27 岁至 39 岁这十二年的从政经历以及他一生都对自然科学未减的兴趣，也许是一部分答案。

当然，歌德以及任何自身之外的营养并非惟一重要的药剂。不断从自身寻找症结，才是永恒的自我拯救。自恋、自傲乃至自负，都使天才们随时随地处于紧张的备战状态，焦躁、急切、危险等众多的阴影也随时笼罩着他们。几乎每个天才，最缺乏的都是耐心和张弛有序的韧劲。当最初的才华体现之后，将有一段漫长的“空虚”岁月，需要包含天才在内的任何人仍以微笑的心情去面对乃至忍受。这是一段极易忽视、但却非常重要的时期，所有人都在这个时期要么在最初的才华的基础上越掘越深，要么从最初的才华自然滑入歧路甚或与之背道而驰，但毫无疑问地，都是越来越不可抗拒地走上自己那执拗的轨道，越来越是他自己，以至于反复照亮他最初的才华，或者把他最初的才华彻底推翻，以证明它们也许只是当初过多的荷尔蒙所致的分泌。尤其在这个时期，每个天才都必须深知：“天才”，有没有“天才”将不再重要，在接下来的岁月，所有人都必须落到常人的位置，靠后天的一切弥补自己的不足，否则真正的危险将笼罩着自己往后的半生。歌德老年对拜伦的评价，有很多几乎失控的、但极其准确的言论，正是出于一个老天才对小天才的爱之切，才会骂得那样的控制不住！

正如天才总是对他们所处的时代和人群特别苛刻一样，人群和时代对天才们也是同样地苛严：当人们看到天才们或自毁、或自我爆炸或辍笔的转折时，人们也总是说：活该如此，谁叫你们的天赋是这样的好呢？

1999年2月17日

塞林格与短篇小说

尽管一些作家写过长篇小说，但他们永远只是短篇小说家。这一方面取决于他们风格的代表作正是他们的短篇小说，另一方面，也与小说的写作方式有关。决定一篇小说是否长篇小说的因素并不完全在于字数。有的小说虽然字数上已达到长篇小说的篇幅，但它在本质上仍是短篇小说。海明威的《太阳照常升起》就是一例。这种篇幅上已达长篇却在本质上仍是短篇的小说，一个衡量的标准就是：它以一种、惟一的一种风格明显的因素（比如语言）一意孤行地将小说贯穿到底。我们可以将《太阳照常升起》与长篇小说的优秀典范《包法利夫人》比较，这一标准则更为清晰。

与海明威相似，塞林格也是一位虽然写过长篇小说却在本质上仍旧只是优秀的短篇小说家。用“仍旧只是”绝非贬低“短篇小说家”这一称号。道理自然简单：优秀的短篇小说家远胜低劣的长篇小说家。理论上似乎人人都可以既写短篇小说，又写长篇小说；有些长年遗传下来的外行话甚至表示——“写短篇小说是写长篇小说的基础”，那意思似乎是，只要写好短篇小说，写长篇小说就不成问题了；或者是，要写好长篇小说，必须先写好短篇小说；或者是，一个优秀的长篇小说家，那他的短篇小说自然也不会差。事实却告诉我们：有一部分作家实在是他们的天赋决定着他们的“长篇小说性”或“短篇小说性”，一如前文所说：一个作家是短篇小说家还是长篇小说家，并不取决于他是否写过短篇小说或者长篇小说，而更取决于他们的“写作属性”。

通读了塞林格的作品之后，发现长篇小说《麦田里的守望者》和短篇集《九故事》之间的关系似乎是：前者是后者乃至塞林格其他更为艰涩、低调的作品的广告词。然而有心的读者都清楚：塞林格最优秀的作品正是《九故事》，而我怀疑，如果塞林格不写《麦田里的守望者》，我们是否还有可能读到他的《九故事》呢？正是《麦田里的守望者》使它的作者红得发紫，并使他那些原本艰涩的作品获取了更多的阅读。似乎现如今，能真正做到雅俗共赏、既能尝试作者自己的艺术探索又能引起大众兴趣的作品很难出现了，但是“极雅”（艺术探索）和“极俗”（大众兴趣）分别体现在一个作家的不同作品的情况，却是一个值得思索的事实。这或艰涩低调、或明朗轻松、大起大落的二元甚至数元并行的创作方式，在作家主观上或许是他整个创作的力的均衡，在客观上却体现了作家对自己创作情况自有一份自知之明：他知道那些艰涩的，自己却更为看重的作品在人间少有读者，他需要仍属于他自己风格之内的通俗之作为它们唤来读者。

只有对“写作的成效”感兴趣的写作狂才对写“短篇”、写“中篇”、写“长篇”过敏，而真正的“有话要说”的写作者，才会投入更多的精力于他那些要说的“话”，而无力关注他是否写出了“长篇小说”。但是势利的世界只对庞大之物更有兴趣；塞林格未必看不到这一点。

1999年10月5日

塞林格与禅宗

在最终对禅宗产生兴趣之前，塞林格最有兴趣的莫过于孩子了。而他第一次明显表露他对禅宗的兴趣，恰恰也正是在一篇写孩子的小说——《泰迪》——之中。他把他的两大兴趣结合在了一起，正如他把“爱情”和“孩子”结合在《献给爱斯美的故事》中一样。

“我们知道两只手相拍的声音，但一只手拍的声音是怎样的呢?”这段直接引自《禅宗公案》里的话公然印在《九故事》的扉页上。

事实上，塞林格对禅宗的兴趣由来已久。如果说他因对现实世界的极度失望而提取“麦田里的守望者”的意象，以体现他作为一个现代作家的反抗精神的话，那么他在精神世界的极度唯美，也必然导致他对现实世界的蔑视和逃遁；当这二者在他体内剧烈地冲突，他在生活上的遁隐、精神上对禅宗的迷恋，就将成为现实。许多人会以《麦田里的守望者》为基点，将塞林格对现实世界的失望归咎于他所生活的那个二战刚刚结束的环境，实际上，我们必须更深刻地发现，这更多的是作家个人的天性使然。也就是说，事实上是没有一个让塞林格满意的现实世界的，只要这个现实世界中还处处充斥着成人。

与令他极度失望的现实世界相对的，是孩子、天真、纯洁、凄美的爱情。塞林格对孩子有着特殊的偏爱。作为意象，在塞林格看来，“孩子”并不懵懂无知，相反，他们懂得大人懂得的一切，懂得他们的一切快乐和忧伤；他们懂得大人心目中认为重要的事情。对“孩子”的热爱，意味着对现实世界，对时间流逝的无声反抗。就像彼得·潘所象征的那样：“孩子”拒绝长大。“孩子”身上还隐喻着瞬间的、稍纵即逝的美；后者正与禅宗有关。对瞬间和细节的敏感，也与禅宗上的“顿悟”有着线形的关联。对现实世界的极度失望和在精神世界的极度唯美这两个极端，是塞林格最终走向禅宗的外在因素，而他在小说技巧上的苛求，正体现了他走向禅宗的内在原因。他迷恋于语言的弦外之音，强调用句的言简意赅，对细节的真实性把握精当，极擅抓住瞬间之美，故事的时间跨度一般都很短，致使小说的节奏紧凑如弦；他还关注着时代所谓的“不正常人”，对挖掘事物表象之下的本质充满耐心和渴求，对早熟、顿悟、神秘有着随时随地的兴趣。而他从来没有“空对空”地脱离现实世界，脱离真实可信的人物形象在小说中奢谈禅宗，这也正符合禅宗精神：禅宗要求人更好地关注现实世界和生活细节。

塞林格有一半以上的小说，人物形象都离不开孩子，并且，一致的，塞林格的“孩子们”极其早慧，天生敏感，视世界对自己的伤害为正常，他以刻画这些孩子的天才反衬着他自己艳丽的智慧。塞林格让禅宗介入小说创作，并未给人以他和他的小说有说教的感觉。这是因为他汲取的乃是禅宗中直接与艺术发生关系的成分，他的目的不是宗教和训导世人，他的目的仍是艺术。

1999 年 10 月 6 日

博尔赫斯与抄袭

马克·吐温认为：在他的全部经历中，给他留下了最深刻、最生动的印象的，莫过于他在密西西比河上当水手的那段生活；他认为领航是他最满意的职业，甚至表示当领航员比当作家更使他引以自豪。这直接促使他写了一本厚厚的《密西西比河上》。

在这本半小说半散文的书里，除却那些马克·吐温个人在密西西比河上的经历之外，至少有一半的内容与他自己无关，而是另一些资料、形形色色的人物、大大小小的事件和变迁以及民间典故传说，这些令马克·吐温说起来更为头头是道津津有味的内容貌似散乱芜杂，实际上每一个细节都没有脱离他的生命和创作源泉——密西西比河。在第二十九章《几条标准好汉》里，他提到了有名的“莫瑞尔帮”，“那是个规模庞大的组织，包括强盗、马贼、拐卖黑奴的贼和伪造钞票犯，大约五六十年前，在沿河一带专干非法勾当”。为了说明问题，他还直接摘录了“一本五十年前出版的旧书”里有关莫瑞尔的内容。这段原始资料，使我突然记起了博尔赫斯《恶棍列传》中的名篇《心狠手辣的解放者莫雷尔》，甚至用不着细细对照，我们就可以发现，马氏与博氏确实

马克·吐温《密西西比河上》里的句子是博尔赫斯《心狠手辣的解放者莫雷尔》的资料来源。

写的是同一个恶棍！并且不久就会发现：博氏的小说就来自于这段资料！由于近二十年来时尚之光更多地照着博尔赫斯，大多数读者首先读到的更多的是《心狠手辣的解放者莫雷尔》而非《密西西比河上》，因此当我们发现许多我们先前以为是博氏的妙笔的句子直接来自这段资料，顿时会感到博氏有抄袭之嫌！

“庸人模仿，天才抄袭”，这是孙甘露在小说《忆秦娥》中转引的一句据说是 T. S. 艾略特的话。所谓“庸人模仿”，反过来也说得通：模仿者亦即庸人；然而所谓“天才抄袭”也许就不能反过来说了：抄袭者自然并不全都是天才。但为什么说天才不模仿而直接抄袭呢？惟一的解释似乎只能是：殊途同归，英雄所见略同。在所见略同的时候，天才们清楚地知道：“还乱费什么力呢？直接拿来用就是了！自己如果果真厉害，在‘直接拿来’的动作之间，就都能无意识地显现了。”情况恰恰正是如此：尽管《心狠手辣的解放者莫雷尔》的主要内容、众多原句都直接来自于那段原始资料，但是细读《心狠手辣的解放者莫雷尔》，仍会觉得它写得带劲。这是因为小说与那段原始资料之间的最大区别正是前者拥有着博尔赫斯的语言。正是“博尔赫斯的语言”，才是博尔赫斯的黄金，也是博尔赫斯敢于大胆直接拿取资料的原句的安全保障。

《恶棍列传》是博尔赫斯的第一个短篇小说集，虽然这已是一部相当优秀的小说集，但对于博尔赫斯本人来说，仍处于小说创作的开始阶段。而一个更注重语言魅力的作家，在最初找寻一些已有的、极有意思的资料作为小说的素材，从而投入更多的精力锻打自己的语言，也许是件再好不过的事了。有道是：“从小看到老”，这归结到写作者，就凸现了处女作的重要性。应该说：处女作很大程度地暴露了该作者的属性和他最关注的事物，以及他的写作方式和写作目的。几乎可以说，大多数写作者最初的作品，都以其自身的亲身经历为创作材料，像博尔赫斯这样纯粹以虚构、以自身之外的材料进入最初的写作的，委实不多。这相当程度地暗示了博尔赫斯一生的创作追求：他将缔造出大批完全属于他自己的、与他迷幻神秘的语言相配的“幻象现实”；他将真正实现他“幻想美学”的世界。神秘的、玄学的、幻象的，都是他的兴趣所在。这样的审美趋向同样招来了对他喜恶极其分化的读者群。而相当一部分喜欢他的读者，也大多因为喜欢他的语言，而非其审美趋向。

1999 年 10 月 10 日

卡夫卡与观念艺术

“想象”这个概念，一度曾被许多作家认为是“最重要的”。经由拉美“爆炸文学”、“魔幻现实主义”的代表马尔克斯的《百年孤独》以及“幻想美学”的代表博尔赫斯的作品在中国的盛行，“想象力”则被尤以“先锋派”为主的一代作家视作“第一素质”。一时间，“神奇”、“好玩”、“有意思”成为评判作品的重要标准。于是，作为二十世纪世界文学的标志性主题，“荒诞”总是吸引着一代又一代的读者；哪怕这些读者由于他们的生存文化背景的“殖民化”而只是盲目跟从。

一个人一觉醒来，发现自己变成了一只大甲虫；土地测量员千方百计想进入城堡，但他绕来绕去，始终就是不能如愿；号称“饥饿艺术家”的人坐在笼子里，让观众参观他的“饥饿表演”……这些离奇的事情看来的确是够好玩的。然而卡夫卡的作品未免简单得只剩下“象征”了。说到象征，我们立即可以想到美国艺术史家伯纳得·贝瑞孙为海明威《老人与海》里的象征问题的辩护：“……真正的艺术家既不象征化，也不寓言化……”，“但是任何一部真正的艺术品都散发出象征和寓言的意味”。贝瑞孙这段论象征的话事实上说明了“观念”与“艺术”的本质性区

卡夫卡的时尚性在于：二十世纪文学是“荒诞”的文学。而卡夫卡正是后人“突然”挖掘出的“荒诞鼻祖”。

别。观念艺术家，他们的主题再大，都不可能超出其观念的指涉范畴；而真正的艺术家，无论他们在作品中写不写到观念，它们撞击的是我们的整个心灵，当我们具备概括观念的能力而又无法将其“中心思想”概括出来的时候，这就是艺术。

事实上，这是两种完全不同的工作性质：观念艺术家的目的是观念，而艺术家的目的是美。然而更容易令世人接受的正是观念艺术，因为人们更容易懂得具体的、指向性明确的、针尖般清晰的道理，而美，太“凌空蹈虚”了。正如顾城所说：“你可以采来玫瑰，但采不来玫瑰的香气，只有跟春天在一起，你的手上才永远有花朵。”而观念艺术家关心的正是他们要去采摘的花朵而已。他们的作品将随着花朵的枯萎而失去光泽；只是这光泽常常并不在人们概念中的“短时间”内消失，我们才不能将它们真正辨别。

卡夫卡的时尚性在于：二十世纪文学是“荒诞”的文学；而卡夫卡正是后人“突然”挖掘出的“荒诞鼻祖”。由于物质和经济的重要、权力斗争的激化、人口数量致使人类生存的相互倾轧等矛盾仍将长时间存在，人类感到自身的卑微、渺小、委琐以及感到身处的世界是如此荒诞的处境也将长时间延续；与“荒诞”这一主题相关的文学艺术也许也将长时间地吸引着人们的目光，人们拥护它们的重要辩护词也主要是“它们对资本主义社会下人的处境的揭露”。然而，“荒诞”作为一个特定时代的主题和观念，它必将要过去，到那时，凸现“荒诞”的文学也将成为历史长河中微微的一页。

1999 年 10 月 13 日

青年艺术家的画像

很多读者一旦认定某个作家的作品“难以卒读”，一般就对他敬而远之，在心里对他供上牌位，至少在评价他时也大多人云亦云，不出已有的共识。实际上，很少有人相信：乔伊斯其实是一位非常好“研究”的现代作家。这个观点的基本根据是：没有哪位现代作家，其一生的创作轨迹，有乔伊斯这般的清晰：从《都柏林人》到《青年艺术家的画像》，再到《尤利西斯》，最后是《芬尼根守灵夜》，如果按照这样的时间表来阅读，你就会发现，比起最初的作品来，他后面的作品是一部比一部“难以卒读”，而这乔伊斯毕生所致力的“意识流”手法，也是一部比一部用得繁多、丰满和到位。

还有一点也是很多人不相信的：乔伊斯实际上是一位非常“老实”的作家；“先锋”、“难以卒读”其实只是处于传统阅读习惯中的读者对乔伊斯共同的误解。事实是：乔伊斯必须时时刻刻摸到自己心里的声音，他才有创作的安全；不惟如此，他还必须感到上下两部作品之间存在着主题和手法共同的、明显的继承和拓展，他才感到创作的安全。他第一本中短篇小说集《都柏林人》，完全是一本老老实实的“传统小说集”。如果我们跟乔伊斯生在同一时代，我们也许无论如何也无法相信一个最初从事《都柏林人》这种甚至算不上非常优秀的“传统”短篇小说的人，怎么可能最终写出《尤利西斯》、《芬尼根守灵夜》这种在二十世纪初期（甚至至今）极其“先锋”的作品？但是且慢，既然事情是这样的“不可思议”，我们更应该相信责任在于我们自己；只要我们耐心地阅读《都柏林人》，我们就会发现：乔伊斯在“老老实实”写这些短篇的时候，他已经隐隐约约地期待和感知着自己最终的写作前景；这样说绝不是对他有什么“盲目崇拜”的结果，而是对他前后作品反复对照的结论。评论家们早就发现，《都柏林人》虽分为十五个短篇，实际上前后密切相关，首尾呼应，它们其实不是一本“短篇小说集”，而就是一本书；这还是仅就其结构而言，更重要的，这十五个篇章无论是在题材上还是手法上都呈层层递进的态势，当这本书最末一篇《死者》中终于非常自然而隐约地出现了“意识流”时，敏感的读者才有足够的理由相信：乔伊斯的工作还只是刚刚开始；他在一本书的结尾提醒了读者跟踪他的写作的必要性。如此看来，这薄薄的《都柏林人》，实际上囊括了乔伊斯一生所有的创作，把他毕生的创作追求全都有意表现或无意暗示出来。虽然他在最初就大约知道自己将来真正想从事的写作，但是他不急，也不能急，在二十世纪初叶现代主义仍处于朦胧状态的时刻，他必须通过《都柏林人》这种完全“传统”的洗礼，以检测自己是否具备写作所需的、尤其是对于他宏伟的创作前景而言所需的“基本才能”。

这种“胆小”绝不是缺点，相反，它至少意味着一个大艺术家最初巨大的耐心和克制，以及他最后成就的事业的艰难。事实证明，《都柏林人》之后的每一本书，在题材、内容、思想的关注点上，都是对前者一次次的重复、扩充和深入；他真正要写的，真正要说的，其实早在《都柏林人》中就被概括穷尽：无非，人物是一个身处爱尔兰的、一心热爱艺术的青年；事件是他对自身艺术和思想上的成长、对民族的独立和自由、对宗教的质疑和追究；个性化品质则是，具备捕捉他人极易忽视的细节的敏感，人物思想自由而自然跃动，人物性格和文风一致体现为随时随地的内省、随时随地的质疑。这一切，在《都柏林人》里都已初见端倪，后面的书，只是在更深地挖掘老主题的同时，更强化地往自己文学创作技巧的理想上摸索、挺进。

充斥在乔伊斯前后作品中最重要的特征是：主人公的“怀疑”状态；对自己的怀疑，对别人的怀疑，对宗教的怀疑，对新上台的政治家的怀疑；继而从所有对别人的怀疑重新落回对自身的怀疑。惟有怀疑，才思创造。不过这种怀疑几乎从不简单而直接地向外界表露，只是在他自己“心里”怀疑，——也许这正是乔伊斯发现“意识流”是自己必需的创作手段的重要原因：既然他的人物的心理远比他们的外表复杂千倍，既然他们的“心理”始终是这样的矛盾重重，既然他们繁复而随时跃动的心理是那样的宝贵而不可割舍，那么就必须寻求一种类似“录脑机”一般的创作技法进行工作。

从“传统写作”迈出巨大一步的标志，正是《都柏林人》之后的《青年艺术家的画像》。这是乔伊斯第一次真正明显地、大规模地使用“意识流”，也是他“立意”最明白的作品：他就是想写一个“青年艺术家”的形象；简言之，书里的“青年艺术家”形象，就是他心目中作为一个“青年艺术家”的标准。他也许认为，少了这样的纯洁，少了每日三省自身、沉思默想甚至浮想翩跹以及无时无刻不在的怀疑，作为一个“青年艺术家”，就要大打折扣。《青年艺术家的画像》是《都柏林人》的总结和扩展，加上已经使用了“意识流”，因此实际上《画像》是乔伊斯第一部成熟的作品。在这部“清理青年艺术家”的书中，他同时彻底地清理了自己，这乃是一部“净身之作”；有了这次清理，就能使怀抱宏大的创作理想的乔伊斯真正安实地站稳在大地上，他更大更广的作品也才能真正得以展开。

对自我的清理的前提是对自我的彻底打开。乔伊斯通过生命中最初的两次完整的创作，达到了“彻底认识自我”的目的。他以他强硬的细腻，强有力地摸索和探照了他身体的各个黑洞，并以自身为轴心，衍射整个爱尔兰民族思想的清理，致力于民族精神的反思和延续，以及新精神的建立。这种以毫不留情的“净身”态度对“青年艺术家肖像”的关注，在所有具有悠久文化传统的民族并不少见，几乎每个民族都有至少一部有关“青年艺术家肖像”的文艺作品。于是，有趣的现象出现了：在中国，却找不到一件这样的作品。我无意以这样的质询来指引将来的中国写作者，只是我们至少有理由反省自身：是否我们的民族不需要这样一幅制定“青年艺术家”最基本准则的画像呢？多年来中国“青年艺术家”惯以“破坏”和“革命”的姿态以显示他们“横空出世”的局面，也许能为我们思考这个问题提供一点帮助。

2001 年 4 月 17 日

海明威的怜悯

很多资料都显示，海明威与福克纳有一点矛盾。这也许是因为海明威过于好胜，到处声称自己“打遍天下无敌手”、“不要跟同时代的那些小丑们比”所致。好斗者的好斗必然唤起别人的好斗，必要和不必要的对手都在增多。因此，作为另一位强者，福克纳当然也不买海明威的账，至少他也从来没像同时代的人对待海明威那样的客气过。看来“文人相轻”实在不是中国才有的事，艺术家们由于追求的坚定和道路的孤单，常常必需强大的自信方能保持足够乐观的心态持续自己的道路，然而正因为如此，这自信也经常容易过头，与自负只隔一纸之遥。

尽管如此，尽管多年以来对《老人与海》的评论已经汗牛充栋，但也许至今还没有人像福克纳那样，能用如此简单的句子把《老人与海》赞扬得如此准确，他说：“这一次，他提到了怜悯。”

一个几十年如一日、随时随地都不忘宣称自己的力量、自己的硬汉精神的人，最终提到了怜悯，这就像一个几十年如一日到处宣称自己年轻的人突然服了老一样，委实令人震惊，也令人感动。

而这不是一个随意的比方，这也正好是个事实：在《老人与海》的字里行间，海明威第一次显出了老态。他写了老人；不仅如此，（因为写了什么并不足以证明你就是什么），更重要的还与他的写作方式的转变有关：他的叙述不再以蒙太奇的手法体现生硬和突儿，结尾不再戛然而止，语句的音节也不再刻意铿锵响亮，人物（或者他自己）一直在自言自语；同时，他还写了孩子，不过不再是他自己的童年，而是一个老人眼里的孩子，一个宽厚的声音里的孩子，一个和老人同样拥有怜悯，但不缺乏坚韧的孩子。

在《老人与海》之前，海明威一定承受了更多面对苍老的恐惧和陌生，这一方面由于海明威那天生强硬的本性里就有天生的抵抗老年的属性，另一方面更由于在《老人与海》里，海明威却并没有体现出作为海明威应该体现的对老年的诅咒和不安。对老年，或者更为宽泛地说对死亡的诅咒和不安，在更早以前同样能与《老人与海》一起代表他最高水准的中篇《乞力马扎罗的雪》和《弗朗西斯·麦康伯短促的幸福生活》里，已经潜在而剧烈地冲突过，海明威以《老人与海》逾越了他此间背后巨大的承受：真正"年轻的"、"有力量"的人并不拒绝苍老，更不会在苍老来临时否认它，而是平静而坦然地接受苍老。不仅如此，海明威甚至一下子抓住了苍老可资利用的优点：他动用了他少有的安详的耐心，实施了《老人与海》所必需的准确乃至精确，及其坚硬的哀伤。而这"老年"特有的安详的耐心，不仅没有使海明威丧失了一贯的凝练、准确的作风，甚至使他有机会更好地深入凝练准确的内质，拥有足够的耐心将人物和细节条分缕析，真实地、反

在发现和认同人的卑微本质的同时，在接近哀伤的上帝的同时，海明威仍旧要告诉自己：人，是不能被打败的。

复地触摸和把握当时当地的光线、风向、温度以及“老人”皮肤对这一切的反应，使小说环境和人物的感受跃然纸上、历历在目。

确如福克纳所言，这一切都源于“怜悯”。在我们总是感到“自己最重要”的青年时光，我们也总是有足够的理由感到自己之外的世界对自己是多么的不公，从而张扬着我们诅咒、刻毒、愤怒的本性，甚至感到只有这样，才更能体现我们的青春、我们的力量，并且常常挂上一句“年轻人总是对的”而加深我们对自我的信心。然而如果“年轻人永远是对的”，那么人为何还要活到老年呢？怜悯，正是对老年的认同。怜悯，正是对自然的认同。怜悯，正是对人的卑微的本质的认同。怜悯，使卑微的人接近哀伤的上帝，更清晰地看他自己和他的同类。

不过，把福克纳说海明威“提到了怜悯”看作是一种赞扬，可能只是我们一厢情愿的看法，因为我们在看待这种性质的赞扬时不能忘记他们两人本质上的区别：怜悯，是福克纳的天赋，是他创作的生命和源泉，甚或也是他衡量他人作品的标准。也许海明威在他的眼里，一直是一个年轻力壮、勇于探险、多少也有点冒进的孩子，当他看到这样一个孩子突然“提到了怜悯”，他的激动和喜悦可以想见。激动和喜悦的慌乱之中，他仍旧没能发现海明威的“怜悯”与他的怜悯其实并非同一性质：他，永远在怜悯着别人，而海明威在《老人与海》中怜悯的，仍是他自己，只不过是一个苍老的自己而已。这样的区别并不表示高低优劣，只是说明：进入老年的海明威，虽然多了一些老年的天性，可是他仍然是那个永远不能忘记“自己的重要”的海明威。怜悯，只是海明威在《老人与海》中体现出的一个表象上的转变，他仍跟他先前的创作一样，将这种最凸现的起源，降格到“基础”的地位，而增添更多的“冰山在海面下八分之七”的丰富内容。在发现和认同人的卑微本质的同时，在接近哀伤的上帝的同时，他仍旧要告诉自己：人，是不能被打败的。这种绝望中坚持的热望，这种咬牙切齿的撕扯，由于前提的暗淡而使海明威的“硬汉精神”得以升华。

2001 年 7 月 17 日

图森的“轻松”

图森给我的感觉是：精明，过于聪明——这两个词在这里虽没有贬义，但也当然不是褒义。只是一般的评述，分量没它们本身所体现的那么重。也许《浴室》、《先生》、《照相机》在法国是独立出版印行，那样的感觉或许要好些，薄薄的三本小册子，阅读轻松，与其文本的感觉相符，对它们的期望值也将缩小到“单一”的指数，不会指望它们在心里激起过分的重量。但当它们为了迎合中国图书出版市场而合在一起刊印时，问题就来了。读完一篇，你不会停止，有种要“完全解决”他的愿望，试图在他另外的文本里看见他的尖锐，哪怕这尖锐只是面对他自身。但是随后，随着另一个、以及第三个文本的继续阅读，连“失望”都称不上的“逐渐厌倦”将自然泛起，你会发现他始终在回避着尖锐，哪怕是日常生活的场景，他的回避和选择泾渭分明。精明的文本总是这样，有着强硬的规则；只有明确遵循这些回避和选择，他才可能更加便捷、更加直接地抵达他的“目的”。在一个封闭的文本里，这样的做法天经地义无可指责，但这样的回避和选择如果贯穿他所有的写作，他的单一、他的谨小慎微将使他画地为牢，自己为自己设置着无形的障碍，为自己创造力的舒展构筑着藩篱。

不能因为图森为自己限定某些“法则”而忽视他对“新小说”文体建设的渴盼和努力，其实这一点正因为他对自身的限定而显得功效卓著。他虽然文笔轻松（在“新一代新小说”作家中，除了加伊，可能他的文笔算是最轻松的了），但他面对小说的整体态度却并不一定如他的文笔所表现出的那么轻松，这或许与他语言所基于的哲学背景有关。无疑，图森的语言里充满着“存在主义”、“局外人”的味道，这种味道总是给人以“没太多的事跟我有关”的哲学基调，说实话，这种基调在早年阅读加谬《局外人》以及其他类似的作品时就感到了其中的虚假，感到它们为了抵达这个哲学目标而限定着小说本身。因此，这类文本的“轻松”，实质是“被强烈限定的轻松”，而加伊则是“轻松地限定”。达尼埃尔·拉罗什的“有时甚至令人（为他）生气”则更像一句广告语，因为那意味着对他过于重视了，实际上图森只是为了某些“哲学观念”而创作小说，了解了他所遵循的哲学背景，对他文本的强行轻松的兴趣则索然寡味。“取消小说的意义”必须在专注于任何细节的意义及意思、以及（至少体现）放任选择的自由之中自然诞生；或者说，小说原本就没有“意义”，将“取消”当作一个目标来贯彻，过于深重了。

我仍旧要拿图森和加伊做个比较。在加伊的文本里，你能感到什么都能进来，只是作者觉得“够了”，或者觉得“让这些进来更好”，或者“正好是这些、而不是那些进来了”，他选择的随意意味着他真正的、符合创造规律的自由，而这自由需要建筑他适合自己的“驾驭它们”的能力作为前提；但在图森的文本里，你似乎也能感到：“是的，他应该也是什么都能进来”，但，——“他不能（我暂且不说‘不敢’）让它们进来”，因为他需要单一的文体、单一的语言与他所遵循或接近的单一的哲学基调相配，他盼望它们“最近距离”地吻合、相连，犹如赤道之光般僵直。正如任何一个新兴的艺术群体里，最声名昭著的，常常是这些“赤道之光”，因为它们风格明显，目的明确，法则清晰，版块僵硬，不说最好理解，通常也最易于分析和阐释，在“新一代新小说”作家中，图森和艾什诺兹的名声高于加伊，则也是必然。

任何时期的艺术革新，如果他们的法则只是为了限制，那他们等于是提前给自己画地为牢。重要的不是限制，重要的是拨正，是重新指引。法国“新小说”同样如此。优秀的“新小说”作家在这场群体运动中，只是遵循“新小说”元老们最初呼唤的：“小说，再也不是（巴尔扎克，或更笼统更宽泛地指涉‘现实主义’）那样地写作了”，“因为，那样是不真实的，不客观的”，“是一种虚假的、欺骗读者的真实”。后来罗伯—格利耶的“物化”等观念，只是为了使小说抵达“更为真实、更为客观”的手段之一，并非惟一法宝、至上经典。因此，在艺术革新的过程中，重要的是警醒，而非限定和确立。不能“那样”，更非“只能这样”。这不仅体现在整个群体之中，对群体中的每个单个作家，同样如此。

2002 年 10 月 23 日

译者的话

一些人和他们的书在我们的成长途中成为我们的“核心读物”。我们以我们各自不同的所需和固执聚拢了不同的“核心读物圈”；由于他们的重要性，他们成为我们反复阅读和谈论的对象；我们选择他们；他们经由我们自身不同的消化塑造不同的我们。我们又以我们各自不同的对自身，特别是对自己过去的厌倦程度和方式而不断改变着这个“核心圈”，不过，无论怎样，这个“核心读物圈”的变换或增减总是缓慢而艰难，正如我们换点血也并非那么容易。

已然形成的“核心读物圈”的改变，要么出于偶然发现，比如新近出现的库切，由于诺奖的提携（或者正相反：是库切为诺奖增加了新的荣耀）而走进更多人的核心视野，从此一些人的核心读物和核心谈论对象将增加他的内容；还有一种可能，即出于对已经形成的自身的厌倦而致使自己主动去发掘新的核心，而后者往往产生于我们“核心读物圈”之外的“第二梯队”：“第二梯队”往往是我们感到同样重要但由于各种各样的原因始终没有深入而亲密阅读的对象。

哈代就属于我的“第二梯队”中的一员。半年来，我开始有意地买他的书。所有的译本，不可避免要出现“译者序”、“译后记”这些“译者的话”。这不是必读内容。但，虽不必读，似乎你终究还是会去读读他们的话：要么读作品之前心怀好奇，要么读完作品之后为了检测自己的读后感；读他们的话只是迟早的问题。

在理论上，“译者的话”不可能比作品更重要。然而，由于它们和同一译者翻译的作品出现在同一本书里，它们的重要性又不可小觑。对普通读者，它们将指引和左右着他们的接受方向，对有心的读者，它们甚至成为衡量译者翻译水准的标尺——尽管这一点并不精确，比如普希金《上尉的女儿》（译林出版社，1993 年）的译者智量，如果以他的“译者序”（不过并不长篇大论）判断后面译本的水准，绝对是非常不公允。

新买的《哈代爱情小说》（文化艺术出版社，2004 年）也是这个情况。如果先看《愿天下有情人终成眷属——译本序》，特别是先看该文前几小节，也会对译者的翻译水准产生怀疑。例如第一小节：

> 作为在文学翻译事业上打拼了近二十年并以此为乐的译者，在此又向读者奉献出笔者的第二十五部作品！不少人都有自己的人生追求，有自己美好的梦想，我很早以前就确定了自己的梦想，希望架起一座座美丽的语言桥梁，为社会的文化交流事业做出应有的贡献。我为这一艰巨而崇高的事业感到自豪，因为人类离不开翻译，社会离不开翻译。

话，都没错。在此对这些没有错的话提出苛求我甚至感到自己的刻薄。然而我并不可能在此提出这些话有什么不对。我们的不满意并不止于这些没有错误的话语。在另一些译者的话中，我们还经常看到译者在讨论翻译中的这个格那个格，以表明翻译的难度；或者不断地表达自己的谦虚，和前辈之间的距离，惶恐，不安，要读者提出宝贵意见；或者谈到该译本几经磨难，文革抄家，竟然幸存，或者被毁，后经谁谁谁前辈鼓励，又重整旗鼓，等等。

我理解这些，同情（不是从上而下的同情，而是同样的情感）这些。然而我想说的是：译者所有要说的话，都可以在他所要从事的译本中说尽。惟一让我们肃然起敬的只有我们的工作，而不是我们自身。李健吾先生为他的译本《包法利夫人》写过长篇评论，对他的评论我们仍旧可以有这样那样的不满意，但他全文不涉自己翻译背景、深陷原作评析的精神令人敬重，而况他还就原作提出“反动的浪漫主义”这一人性特征，对读者甚多裨益。王道乾先生更是隐藏自己，他把玛格丽特·杜拉翻译得那么好，但在极少的“译者的话”中，大多只是有选择地介绍国外国内已有的对杜拉的评介，而他自己的质量，藏于他对这些评介的选择之中。类似的例子还有古希腊女诗人萨福的最好译本的译者罗洛先生……他们没有谈到翻译的具体麻烦，而他们的译文证明了他们的难度；他们没有表达自己的谦虚，而他们译文的精致和慎重证明他们不可能是骄狂粗疏的人；他们没有谈到他们译本的磨难，然而他们都是经历过文革的人，不可能在劫难中不受冲击，工作不可能不遭遇中断；他们也没有谈到“鼓励”，然而生为学者作家，不可能不受人鼓励，也不可能不鼓励别人……甚至那些在精美的译本背后没有留下只言片语的翻译家，如已故的《伪币制造者》译者盛澄华先生，或者《老人与海》最好译本的译者赵少伟先生，他们译本的分量让我们更多地思考他们的工作，甚至工作的细节。

沉默的重要性并非仅仅要求我们在并不自信能够涉足的方面需要保持沉默，即便我们自信能够涉足的方面，我们也需要以沉默的别样的方式说话；除非我们面对我们的沉默本身：工作，正如荷马面对他的史诗一样。“译者的话”，正如小说家、诗人写随笔，或者创作之外的一些言论，后者文本“地位”的次要并不与作者的修为成正比，它们甚至是更能体现作者“漏气”的罅隙。诚然，我相信伟大的作家，他完全能够天马行空般地涉足多个方面，“什么都能写”，“什么都能表态”，然而其背后仍旧是以沉默和慎重作为逾越前提。缺少这个前提的逾越，狭隘导致瞬间的自我膨胀是恐怖的。一部质量很一般的涉足女同性恋的电影《夜幕低垂》(When Night is Falling)，因为下面这句话而使我记忆犹新：“你说的每句话都代表你自己。”这么一说似乎言重，不过大可放心的是：这只是世界的本质，而世界并不常以本质运行。

2005年1月3日

推荐者语

总有些人会突然热起来。商业炒作的情况我们当然不必理会。此外，中国作家往往因为他们的死，国外作家往往因为他们获得诺贝尔奖，突然就有很多人传诵他们，推重他们，或者又有人起来反驳这些传诵和推重。每当这时，我就感到被推重者与我内心之间的距离。我并不要求自己拒绝他们，但至少，即便被推重者在某种事实意义上可能会成为自己的“必读”对象，我也盼望自己晚些时候再去读他。如果这果真是一顿丰盛的晚餐，迟到者错过的最多只是它的清香，而最初的狂热往往扰乱嗅觉削减食欲，狂欢的假象也给人营养摄入的错觉。在这个特别容易跟风、“革命”热情盲动的国度，我承认我对狂欢过敏。

这些人热起来的时候，我并不急着去买他们的书。但是偶尔见到对他们的推荐文章，却不放弃一读，听到对他们的口头推荐，也不妨一听。说实话，我喜欢这项工作：从“推荐者语”里看出些名堂。谁、怎么推荐，往往已经可以判断这些被推荐者是否是一顿丰盛的大餐。推荐者的属性决定被推荐者的属性，推荐者推荐的角度和内容，则更决定着被推荐者是否和自己有着切身的关系。

有些人热起来的过程中，对他们的推荐所出现的问题，就已经暗示出他们“热”的问题。例如，很奇怪的是：我们并不信任一个作家的妻子对她丈夫的推荐，尤其是在他死后。当然，并不仅仅因为这一点，我至今没有读过王小波的任何作品——也正因此，我在这里更不可能涉及对王先生作品的批评，因为连读都没读过，根本没有评的资格——我这里只说与“推荐”有关的话题。

一个推荐者，他眼光的尖锐、深刻，以及把他的推荐和他的私心断然分开，是他的推荐获得深层信任的重要准则。而我们身边充斥着不能具备上述特征的推荐者。推荐和私心的联结，比比皆是。而以普罗大众都能看出、都已知晓的评语作为推荐语，暴露的只是推荐者自身的浅显。试想，如今我们还喋喋不休地言说海明威的简洁，卡夫卡的荒诞，乔伊斯的意识流，博尔赫斯的迷幻，定然令读者味同嚼蜡。我们能否有些新的发现？我们能否在没有新发现之前保持沉默？——推荐谁，如何推荐谁，实际上和我们对自身写作的要求等同。你如何看别人，已经暗含出别人将看见一个怎样的你。

只有真正具备上述特征的推荐者对被推荐者的评点，看了才让人激动，才有更多更丰富的空间让人去想象、去拿捏。纪德写过一篇《〈歌德戏剧集〉导言》，这是我所看过的评点（推荐）歌德的最好的文章，真所谓字字珠玑。他在广泛地给出论及歌德的精辟之言之后，却开始提出质疑：“请允许我为他对黑暗的恐惧感到惋惜。我认为这种恐惧是歌德最大的弱点——错误。”——这使我想到他在另一篇谈陀思妥耶夫斯基的长文中这样论及尼采：“尼采嫉妒基督，嫉妒到疯狂的程度。他在写《查拉斯图拉如是说》时极力对《福音书》进行报复。他经常采取《圣经》的形式来反对它。”我想到这些并不意味着我认为纪德嫉妒歌德，因为正如他自己在《〈歌德戏剧集〉导言》的最后能够那样宽宏地理解歌德：“如果在他那令人仰慕的、从容宁静的头像上加上几条悲怆的皱纹，忧虑和痛苦的皱纹，那歌德就不是歌德了。”我想到这些，只是觉得，从少年时代起直至纪德去世，歌德一直是他的重要读物，他把歌德评点得如此精深，看到了众人所不能见，在众人所能见处又分析总结得比任何人都精妙，但他最终一定清晰这个道理：我们看见的，并不是我们自身所拥有的；我们懂得了一个道理，并不意味着我们自己就已经达到了它。毕竟，我们的心眼口并不是我们的手。

2005 年 2 月 9 日

迟到者说

一个滑稽的事实是：我已经写了近二十年了。写作圈交往时喜欢问对方已经写了多少字，早在十年前，有人听到我的回答时就曾经开玩笑说：你是平均一年写一两万字啊。如今，这个平均数几乎没变。当然，这既不值得耻辱和焦虑，也不值得骄傲和自豪，因为耻辱、焦虑或骄傲、自豪的中心都不在此；但是我能感到滑稽。因为这么多年来，我仿佛就过了一年。自始至终的“学习”心态使我始终觉得自己稚嫩，难以和这时间对应。在这么多年的每个“关键时刻”，我似乎都在刻意要求自己“迟到”，以不使自己卷入任何“中心”。当有人称我“出道够早”，我觉得这很反讽，因为即便到今天，我都常常觉得我还没有真正“开始”，或者只是一直在为“开始”做些准备。

有一次黑蓝一位版主对我说：“我准备到四十岁之后开始正式写小说。我觉得我到四十之后能够写好小说。”我没有回应，但我内心感到温暖。比起多如牛毛的“少年天才”而言，我是多么敬佩“老而弥坚”。而在我们这个专门生产“少年天才”然后只能走下坡路的作者的国度，后者更为珍贵。如果没有歌德的八十二岁，就没有《浮士德》，而我们国家有几个八十二岁的人还在写作，尤其还是自己最重要的作品？

更滑稽的是，我想起十年前我们因纸刊《黑蓝》被查封审讯，负责我们这件事的一位年轻干练的女官员问我以后想做什么，我对她的询问表示惊奇：当然是写作啊！她随即嗤之以鼻："年轻人写写作是正常的。几乎每个人在年轻的时候都写过作。"哈，如今我觉得她的话，尤其是话外之话，是真理，在这个国家。

我知道当我表示出这个质疑之后甚至会招来谩骂：在我心里，我觉得张爱玲的"出名要趁早"害了不止三代人。当然，从客观宇宙来说，一切"被害"都是应该，都是理所当然，一切害不了的，怎么也害不了，有没有张爱玲这话都无关紧要。同时，对于比我们年轻的写作者，我们仍旧在心灵上首先感到亲近，然而，我们心里其实充满了担忧和期盼：此刻的健康和饱满能坚持多久呢？在将来漫长的岁月里，各种诱惑和压力无所不在，到底有多少人能安然地保护好自己的才能呢？当然，这已是杞人忧天，和我自己的写作毫不相干了。不过，从另一些角度来看，又未必和自己无关，毕竟，我们是一个整体，并不是所有的相互影响都看得见摸得着。而况，对别人的担忧和期盼，在本质上其实是对自己的重新警醒。

2005年3月10日

破　戒

刚开始写作时，出于某些念头，我要求自己整个一生只许写作品，不许写作品之外包括随笔、评论、自述或其他任何东西。无疑这里面有“洁癖”的因素在作祟：初学写作，盼望自己形象单纯，除了一打打的作品别无废话，冷酷、神秘；同时，太多小说作者在小说之外的文字中暴露出的自我膨胀和无知可笑令人恐惧。因此，对这些文字写作的拒绝，也意味着事先对自我腐蚀的拒绝。

说实话，我至今认为这样的“洁癖”并非缺点，对这种“洁癖”坚持者仍旧保持着天然的敬重。然而，正如本篇文字所显示的，我自己早已破戒。

最初的破戒非常不幸地和生计有关，这使我的破戒显得毫无特点而落入庸常。在不上班七八年之后，我的生计在1999年因为父母经商的破产而濒临绝境，不得已开始认真接受别人“写点小文挣点稿费”的建议，在各种各样的小说之外的文字中，我选择自己最有可能进入的书评和影评。不知道是否该感激我写作速度的缓慢，以及我的“小文”并不适合众多报刊而最终并没能为我解决生计，总之，主客观因素都没有使我养成“小文写作”的习惯。然而，不管怎么说，我毕竟“破戒”了，对小说之外的文字，不再断然拒绝。但我对这种文字的写作始终存在着不适。对破戒的警醒并不仅仅在第一次破戒时真切地感受到，实际上每一次破戒，包括现在写这篇文字，仍旧带着犹疑。按照安德烈·塔尔可夫斯基的观点，我既然做了一次“小偷”，我就“永远是小偷”，为此我常常深感难受。

然而问题并不在于此，问题在于，不久之后，我认识到这样的“洁癖”似乎只有在中国当代才更容易，或者说更有“必要”出现。在对纪德、歌德大量的阅读中，我发现一个实际上用不着“发现”的事实：优秀作家的任何文字都优秀。与此对应，如果一个作者作品之外的文字暴露了问题，那他作品中的问题往往更大，只是作品具备更大的隐藏功能而已；甚至，他主要作品之外的文字，往往从另一些侧面更直接地体现他的非凡之处；他们对待主要作品之外的文字的认真程度，以及这些文字的最终价值，丝毫不在主要作品之下；甚至正是这些主要作品之外的文字，才使主要作品显得更为优秀。尤其是最后一点，非常令人兴奋。因为最初我一直认为这样的文字只可能漏作者的气，但这往往只是中国当代作者的表现，只要我们跳出这个生存的对比藩篱，我们将获取全新的认识和生存环境。

这个发现令人兴奋，也唤起我对主要作品之外的文字更高的要求。这使我激动地感到，只有抵达这个要求，主要作品之外的文字才真正具备意义；或者说，惟有如此，自己所写作的文字，才根本没有“主次”之分，也从此放任，同时要求作者各方面的才能；它们就像作者这个人所体现的方方面面，是密不可分的整体。生命最初的限制，其目的并不仍是限制和所谓的“纯洁”，而是丰满、充实和欢乐，无意的松懈才是生命的真实状态，破戒在此成为一柄隐约的刀锋，考验着我们的逾越。

2005 年 5 月 9 日

自　我

尽管要厘清“古典”这样的称谓的不合适有些困难，但至少我们知道它常常是不合适的。同样，与它对应的“现代”、“当代”、“先锋”、“实验”也常常不够准确。我们究竟该如何指称我们心目中一些小说的区别呢？——尽管这问题并不必需，但现实并没因此而减少需要我们做出这些区别的场合：在面对司汤达和加伊的差别时，个人的、时代的、观念的差别总和会要求我们类别化，以方便谈话和指称；——同时，这个问题事先决定了另一个事实：小说和小说之间，无疑是存在着差别的。

无论作品和作品之间存在着怎样复杂的差别，有一条脉络可以始终成为我们考察的线索：那就是作者、作者的目的。所谓万变不离其宗，也正如贡布里奇所说：“事实上，并没有艺术那回事，而只有艺术家。”当我们发现“古典”以及与之对应的称谓的尴尬时，我们却可以比较清晰地窥探出各各不同的作者思考作品、进入作品、制作作品、评判作品，以及在（有意识或无意识）面对——作者的自我和小说的关系时——是多么的不同。

任何一个人，包括小说作者，他不可能没有自我；任何一个作品，哪怕它隐藏再深，哪怕它涉及的人事和作者自己再没关系，哪怕它涉及的人事和作者所处的当代生活距离再怎么久远，在一定程度上它终究不可能不体现作者的自我；甚至有人极端地说：无论我们怎么写，我们都是写自己。博尔赫斯也说："我们留下的只是我们的形象。"一篇小说引发的读者思考或想象各种各样，但小说和作者自我的关系，是有经验的读者不可能不思考，甚至仍旧是潜意识里最重视的问题。我们会想象作者试图通过这部作品"真正"想"表达""什么"，会因为一些小说的细节而把它们和作者个人的生活习惯联系起来，甚至从小说语言腔调联想作者的说话方式，我们还会去搜寻促使作者写这部作品的"真正动因"。而最终的小说为什么又成了这副模样——有可能和最初的动因面目全非，其间微妙而复杂的关系正是作品的"有意思"之所在……这些因素在本质上都关涉小说与作者自我的关系，而作者如何面对"作者的自我和小说的关系"，在我看来是导致小说从表象到最终结果出现明显差别的本质原因之一。

这其实是最近一次聊天引出的话题，尽管这个问题以往已被多次谈过。这次聊天的引子是最近阅读的司汤达，由他聊到巴尔扎克（尽管我并没通读过他），聊到陀思妥耶夫斯基，再聊到纪德、歌德、福楼拜，甚至荷马，突然一转，到海明威、福克纳、塞林格，然后又一转：罗伯—格利耶，"新小说"，"新一代新小说"，加伊，图森……其间还穿插着中国文学（因其在这个话题中的一致特征，因此不必划分时段）……我当然不是为了通过罗列名单而显出我实际上确实并不丰富的阅读量，而是，这些名单必要地体现出时间（尽管有时也体现为地域）的痕迹，同时自然地体现出观念或思想的变化或差别。抛给大家结论性的问题就是：你有没有发现，越是古典的作品，越不体现作者的自我；而现代主义最重要的征兆，正是强烈地体现作者自我，及至“垮掉的一代”、“在路上”，个性张扬到极致……可是，最重要的是，到了法国“新小说”这代表最新（并不要求所有人都认为其最有价值）的小说观念，奇怪的事情发生了：作者的自我又开始隐退；“新小说”作品中，作者的自我是克制的、隐秘的，甚至是消失的。

“自我”在心理学或哲学中必定有非常复杂而精辟的分析和阐释，但在这里涉及的问题中，我只想极端地把它分为两类：一类是作者对作为艺术存在的小说本身的思考；另一类则是除此之外的目的：例如社会责任、道德训诫、生活态度，以及其他一些更为情绪化的目的（例如，纪念爱情、宣泄愤恨，等等）。这两者差别的经常性麻烦在于：前者如果过分地以“纯形式”的方式体现，则有滑向视觉或其他艺术的可能；它仍旧必须以语言的方式体现，革新字词句的用法，革新观察方法（而非结论），革新介入小说的方式，以及为作者与小说之间的关系提供新的可能——它的外表比它实质尖锐的目的温和得多；而新的（实际上往往是在“当代”足以“耸人听闻”的）社会责任感、道德训诫、生活态度在小说中的浮现，往往会给读者造成这样的小说同样新颖、精深、有趣的错觉——它的外表比它实质老套的目的尖锐得多；两者表象和内里相反的“中间化”会在读者眼中模糊它们的差别。简单地说：作者在什么样的角度在小说中体现作者的自我，将决定着作为艺术而存在着的小说的意义。实际上，这关系到作者对“小说的目的”的认识。现代主义之后，单纯地为了社会责任、道德训诫而创作的小说已经并不多见，然而，惯性地以此为目的的作者并未减少，“现代主义”对他们的价值仅仅在于为他们的目的提供了更多的形式外衣，而这些形式更多地是为了在表达他们并不深藏的目的的同时“增加小说形式的丰富性”，以及“作者视野的宽阔”，在“现代主义”及其之后的一些小说观念中作为目的而存在的对小说的理解，在他们那里被作为社会责任、道德训诫、生活态度的陪衬或反衬，貌似不客气地说，在某种意义上，小说在这类作者的作品中实质性地处于“换汤不换药”的地位；而正因其“换汤不换药”的性质，这类小说在读者心目中接受起来却更为容易：在主体理解上，有着因袭的方便，而某些“现代主义”形式的介入，又使这些作者披上了符合当代心理需求的“创新”光环。

在严格地面对小说这件事上，我并不像上文所体现的这样对怀有社会责任、道德训诫、生活态度目的的小说深恶痛绝；我并非指责，我只是为了指出不同——尽管这样的不同因其重要性而实际上多么彰显，甚至已经被很多人指出过。

纯粹按照《福音书》所告诫：“爱惜自己生命的，就失丧生命；在这世上恨恶自己生命的，就要保守生命到永生。”哪怕作为

“生存策略”的这部分启示所延续的“要想表现作者自我的，就必须在小说中放弃自我”的规律无疑显得教条，但是，我相信它（而不是其他方式）确是做到了最大、最好体现作者最重要的自我的可能。这在反对者的感情上是无法认同的。而况，在小说中“表现自我”或“隐退自我”各自的方式都非常复杂：并非怀有社会责任、道德训诫、生活态度目的的小说就一定没有“放弃自我”，甚而当他们脱离个人生活素材，走向“更大更广”的社会责任、理想指引、道德训诫的目的之后，他们完全可能认为这是“更大的自我”。而所谓“对作为艺术存在的小说”，正如前文所说，也不可能逃脱“表现自我”的本质。因此，有必要清楚的是，争辩的中心并不在方式或各执一词的对结果的定论，而在于目的本身：即意识，作者的意识，作者究竟以什么为自己小说创作的目的。

放弃自我的直接表现，必然是关注他人。抵达这结果的途径非常滑稽地类似于正统的道德训导：“关心他人”、“为人民服务”；这些教训因为目的的不同而显得世俗化，但歌德同样性质的格言则使其意义扩大：“一个人越早获得这样的经验越好，就是世界并不是非他不可的。我们把自己看作是多么重要的人物啊！我们想单靠自己赋予我们在里面活动的团体以生气，我们以为没有我们，生活、营养和呼吸都停顿了——其实这儿产生的缺口刚被发觉，立即就得到填补，不错，这缺口甚而常常成为纵然不是更好一些，却使人更高兴一些的地方。”“这是好的，一个人先进入社会，自视甚高，想获得许多优点，试图干成功一切事情；不过，当他的修养到达一定程度时，就要学习投身在更大的团体中去，学习为了别人的缘故而生活，在义务性的活动中忘掉自己个人，这样才是有益的。”“您别想到自己，而是想到您周围的事物。”——这些充满实用主义、貌似和小说毫无关系的格言，却在理念和经验上昭示“放弃自我”的意义，使我们看到“放弃自我”虽然可能从此缺乏某种安全感但无疑更为（并不单单、甚至主要不是作为题材意义上的）广阔的前景。

我们经常不能甚至不愿承认的是：在某种意义上，实际上我们始终在以“古典”的方式写作；问题的关键在于我们各自对“古典”作如何理解。认为通过一个故事抵达道德训诫、结论指引的方式，恰恰是对真正的古典精神的反动，也是对作为艺术而存在的小说“功能”的弱化。真正的古典精神一直贯穿在所有最伟大的作品中，而其间最恒定的线索就是“放弃作者的单一自我（目的）”，并非故事，更非训导。可以说，当一个已经做到最（实际上是“恰当”）丰满的作品和作者自我之间的关系越遥远越离奇越难以估测时，作品所包含的世界越大，令读者想象的空间也越大。尤其在我们国家，由于整个“古典精神”长期以诗歌和自我的关系为积淀，这种精神传统上的理解常常要求着情绪的直接性、“效果”的明朗性：说中国的民风或文化具有“含蓄性”，实际上是因为始终本末倒置地盯住了表达方式，其实作者自我的目的在作品内外始终是最为昭然若揭的，毫无“含蓄”可谈。兼以古代中国长期实行愚民政策，这又反过来刺激着中国文人长期以“唤醒”民众（实际上就是读者）为己任，“训导”、“社会改良”的“责任心”经由“新文化运动”主将鲁迅等人的强化，不能不说在很大一部分作者和读者中间一直延续至今。在这个对艺术中真正的古典精神严重缺乏正确理解的国家，此时此刻提及这个老掉牙的话题，不是没有一点必要。

让人感到老生常谈的情况还有：实际上这两类小说在有经验的读者阅读考量时有着明显的差别。自我目的贴得非常近的小说，实际上通篇只为几句话而写出全文，在某种意义上，读者完全可以发问：如果只为了这几句话，为什么还要写这个小说呢？仅仅是为了让读者对你这几句更具欺骗性的话的接受更为情愿？而“放弃自我目的”、“事先隔离自我目的”的小说，有望使小说每句话、每个细节都成为目的，使读者处于“感受”而非“总结”的阅读语境，作者并非清楚一切甚至不清楚大部分，他完全可能和读者一起迷失（真实的、而非那种创作者带着某种神秘气息炫耀的“迷失”），也一起重新感受、摸索。

只有一种情况出现时，观念在小说中的价值才可能突然熠熠生辉并产生惊人的力量，那就是观念成为材料的时刻；一旦如此，作为材料而存在的观念，被小说这种文体纳入和产生碰撞之后，竟可能出现被玩弄的玻璃珠似的效果，以某种冷漠（其实又很火热）和蔑视（其实又很执著）反衬出作者的巨力。这方面的典范是歌德的两部《威廉·麦斯特》，特别是《漫游年代》；还有某种意义上的《查拉斯图拉如是说》；我自己的《中间》也以当时的本能做过一点非常小的尝试；观念在这样的作品中并非处于总结的宝座，它们往往失去自身理念的作用而为小说的气质和力量服务。

但是这并不是一种主动并且事先设置的策略，所谓“放弃自我”、“在怎样的程度和角度上放弃自我”，只是符合作为艺术存在的小说的精神。它是顺应，而不是生硬的教条。即便把小说和自我的关系错误地看成谜面和谜底，也该懂得谜底不能离谜面太近。而况小说不是谜语，小说并不需要谜底，我们和小说的关系，就像太空中一只眼里的地球，这只眼睛不能表态；它不表态，是为了获得更大的呈现；它对呈现之物和呈现方式的选择即意味着“态度”，而作者任何结论性的态度实际上是给小说以及小说作者带来限制的“立场”。小说不是游离于我们身体之外的“创作”，更不是我们观念的总结，小说是谜本身，一如我们的生活，每个貌似熟悉的细节都有待我们重新考察，但重要的也只是考察本身，而非结论，或者说，考察本身已是结论。或者，更精确地说：作者必须将他的“结论”融化在他的所有考察之中，而最终还必须使观念蒸发成气，只剩下“无结论的观念化的考察”。

2005 年 6 月 1 日

海明威

初学写作的人喜欢或容易谈到海明威。是的，刚刚发现海明威，不可能不激动。老成（倒不是世故）一点的作者就不会那么做了，相反，他们常常沉默。并不是他们否认海明威的价值，甚至也不是海明威不再继续对他们产生影响。我想，他们沉默的重要原因之一就是：全世界这么多年来，海明威几乎被谈绝了，要想谈出一点新意，难。而作为写作者，“语不惊人死不休”的本能同样体现在对他人的评价上，谈不出新意，还不如不谈。

于是，这首先归结出一点：海明威，是好谈的，容易谈的；他的特点，是彰显的，一目了然的，众所皆知的。简洁，或者说简练，硬汉，冰山，幽默，无非这些。再加上一些逸闻趣事，打猎，钓鱼，拳击，斗牛，非洲，古巴，战争，弹片，酒，站着写，失眠以至于不开灯睡不着，与福克纳斗气，自杀，双管猎枪，海明威模仿大赛，等等等等，他的图像足以立体，足以全面。

初学写作的人喜欢谈海明威，是因为海明威实践出一条容易进入的写作之路。他不仅告诉你：“写短句”、“写出一句真实的句子，把你所知道的最真实的句子写下来”这些构成作品最基本的词句要求，而且更为至关重要的是，他以他的实践给文学青年摆出了一条具有“写作一生”的“成长”经验：“尼克故事集”为无数后来者的最初写作提供了几乎最好最便捷的入门题材以及方法。他成了很多作者的第一个领着进门的师父，他成了破处者，因此被很多人终生难忘乃至难以摆脱。

作为一棵大树，他不仅滋润了很多树，甚至滋润出的也是些大树。不论他们承认与否，他们确实是海明威的嫡传。一棵不怎么样的大树是雷蒙德·卡佛。一棵很怎么样的大树是塞林格。至于这二者何以有如此大的差别，抛开一切杂七杂八的因由，我也只想引用海明威一次谈创作时说的话：“对于写作来说，严肃认真是两个极端必需的条件之一。另一个条件，对不起得很，是才能。”没错，是才能，决定他们的不可接近的距离。这有点打击正在学写作的青年，不过，你完全可以不要跟海明威比，甚至可以不跟卡佛比。跟自己比——这似乎海明威也说过，或者如海子引用之后广为流传的荷尔德林的话：“假如大师使你恐惧，请向伟大的自然请求忠告。”

甚至玛格丽特·杜拉在某个隐秘的地方也谈到过海明威，尽管她的所谈并非为了对后者加以褒贬。没错，对她文风足够了解的读者能够发现，她也受他影响。不过如果眼睛不够毒辣或者对她的风格了解不深的话，会觉得海明威和她风马牛不相及。这是因为所有受海明威影响的大树，都只以海明威为基础，甚至都只在最初受他的影响，不久之后的大半生，都将寻求更多的自我风格加以覆盖、叠加，使压在底层的海明威的形象影影绰绰，难以寻觅。

仔细看海明威的特点：他真是“风格即人”的最好证明。他的写作要求和生活形象无比统一，互为因果。站着写→短句→简洁→有力，打猎、拳击、斗牛、自杀→硬汉。它们并驾齐驱，在其顶点共同贡献出二十世纪最大的文艺观念（我甚至不想加上“之一”）：冰山理论。无论多少人说过多少遍，我还是想说：这是非常重要的揭示和发现；它用相当简单的道理揭示了艺术的本质：用最少的内容（八分之一）促生它可能促生的最多最大的想象（八分之七）。试想，哪门艺术的最伟大之处不在于此呢？这个本质并非只昭示未来，而且总结过去，这使得海明威区别于他同时代或稍早于他的那些对“过去”更义无反顾的创新者如乔伊斯、卡夫卡等人；他很通俗，然而他很当代甚至很“未来”；经验证明：这并非易事。

没有几个人会说：小说的题目与正文的关系，正揭示着“冰山理论”。甚至海明威自己也没这样说过，然而我想说，他以行动实践了这一更为具体的经验。他对题目的重视，并未在更广泛的层面得以被珍惜，绝大部分作者仍旧不知道题目对作品意味着什么。当然，这绝不是鼓励那种玄之又玄刻意求新的取名。然而题目与正文之间的罅隙和连丝，考验着作者的大智慧。从这个意义上来说，我始终难忘《乞力马扎罗的雪》，以至于后来读到顾城的《英儿》的《雪山》一章突然笔锋一转——“可是你看到过雪山吗？你知道雪山那巍武银白的样子吗？在晴空之下，暴烈的明亮的，不能被高空阳光融化的雪山，那锋利的棱棱的石块一样的山，那纯白的山”，顿时就想到海明威那微微上扬的双目瞪向虚无的肖像。这片雪，成了他绝好的写照，是他永世不可企及、却也不许他人踏入的圣地。

2007 年 1 月 14 日

福楼拜

《包法利夫人》在福楼拜的作品中并不鹤立鸡群，可是就像我们今天看到的这样：它是作家流传最广的代表作；绝大部分读者，言福楼拜首先乃至惟一谈论的必定就是《包法利夫人》，似乎《包法利夫人》成了理解福楼拜的通行证。一方面，这证明着作品离开作者之后不可控制的命运，另一方面，作品引发的官司或道德争议也助了其一臂之力——《洛丽塔》的幸运与此异曲同工。

“客观、真实、科学”，是与福楼拜紧密相连的几个关键词；然而只要我们不想欺骗自己，我们就会发现他的作品现实与这些理论归纳并不完全相符：被“新小说派”追认为“客观、真实”理念之肇始的《包法利夫人》，其中对“典型”的执拗，及其所致的一些与“客观、真实”背离的现象，常常让我思考他在本质上有多大的“现代性”——尽管“现代”与“古典”的区分并不那么重要。以更大的“客观、真实”为名流传的《萨朗波》，我又常常疑惑在最大的态度和视角上，即在对萨朗波这个人物的态度上，它如何称得上做到了“客观、真实”；至于《情感教育》，我甚至觉得它重又回到了浪漫主义的老路上；而《圣·安东的诱惑》，其体裁其实已不是小说，它似乎更想成为诗剧或史诗《浮士德》的法国版，其文学野心更是与“客观、真实”距离遥远。

是福楼拜的作品确实不够，还是理论归纳的粗疏？其实，这两个疑问并不重要，重要的是我们必须发现，这些理论归纳，更多地来自他本人的文学言论，较少地来自他的作品。这不是一句平淡的判断，这是非常重要的强调，因为福楼拜一系列陈述其文学观念的言论，越来越比他的作品还要重要，其重要性首先因为它们出现得非常及时，对时代（当时以及现今）极具意义：“科学、客观、真实”、“小说家不应该在作品中对这世界上的事物发表议论”、“作家在作品中应该像上帝在宇宙中一样，到处存在，又无处可见”、“凡是真的都美”、“形式和思想是同一件东西……思想越美，句子越铿锵……思想准确，语言就准确”、“像诗一般有节律，像科学语言一样精确”，等等。这些所有指针都指向“客观、准确、真实”的言论，使当时浪漫主义泛滥、情绪夸张宣泄的状况在文学上得到冷静的约束。这种“应运而生”对观念的影响力的推动非常重要，所谓“来得好不如来得巧”——当然，这不是暗示福楼拜的“投机性”，相反，自然是他的一切禀赋、刻苦努力以及广泛深刻的阅读和思考才使他获得犀利的眼光。与“及时”相连，他的严谨作风巩固了他的观念。众多读者深知他对艺术对创作的严谨态度并为之所震动。这种严谨为他的言论提供了“这种态度系统之下的产物不可能草率”的规则保证，并信任其作品与其观念必定统一。

强调他言论的重要性，并不是为了来评价他的作品本身，无疑地，福楼拜的作品都相当程度地体现了他的文学观念，只是与他坚实强硬的观念相比，一些作品的局部显得涣散，乃至恍惚。追究起来，这委实情有可原：在浪漫主义尾声的风口浪尖，福楼拜通过阅读思考，在理性上清晰预知了未来的方向。但是，“明了并不意味着就一定能够做到”，少年时期浪漫主义对他的深重影响，不是那么容易摆脱，他往往不能自拔地染着浪漫主义的色泽。情感上的悖论也在作祟：越想摆脱的，正是越难摆脱的；这一点在事实上也有迹可循：他曾把雨果追为偶像；这些上一代风格的集大成者在形成自己风格的同时必然携带出一些铺张渲染的气息，但是他们强大的精神漩涡往往覆盖着反对者的思维，使掣肘者不能不时时回到他们的光环之中。巨人的反对者必然是艰难的，即便他具备与巨人同样的气力，也往往会在反对过程中重新成为对象本身。

后来者则更可能择取前人对自己有利的观念加以夸大以便利用；这充分解释了如今理论界对福楼拜的归纳所得与福楼拜作品现实的差别。其实无论何时，观念都比作品本身更直白地展现艺术家本人。观念的传播也要远远大于作品的传播。这对艺术而言，并非不是悲哀。但这同样昭示：艺术家永远大于作品。高度为八的作品，往往需要高度为十八的艺术家。就这一点而言，作品也永远是艺术家的冰山一角。

2007 年 2 月 4 日—8 日

杜 拉

动身起程。旅程的开始永远都是这样。遥远的旅程永远都是从海上开始的，永远是在悲痛和怀着同样绝望的心绪下告别大陆的。尽管这样，也阻止不了男人动身远行，比如犹太人，有思想的人，还有只愿在海上旅行的旅行者。尽管这样，也阻止不了女人听任他们弃家出走，她们自己却从来不肯出门远行，总是留在家里，拘守故土、家族、财产，坚持必须回家的理由。几百年的时间，乘船旅行使得旅人变得比我们今天的旅行者更加迟钝，更带有悲剧性，旅行的时间当然与空间距离一样长。人们对人类在海上和陆地旅行这种缓慢的速度，已经习以为常，对于迟误，等候风向，等待天气转为晴朗，遇难，烈日，死亡，也习以为常了。这个白人小女孩所见到的那些大轮船是世界上落后的班船。在她年轻的时候，最早出现的飞机航线已经设立，势必将逐渐取代人类在海上的长途跋涉。

也许这样的引用是毫无作用的。在我第一次读杜拉的十五年之后，其间经历多次的重新阅读并获取新的感受，并且一次次压服言说杜拉的欲望，在今天重新被动地思考她的魅力，似乎仍旧只能归结为她“冷静的疯狂”——这似乎不是一个偏正词组，我应该说，“冷静与疯狂并举”、“冷静与疯狂无所不在地并驾齐驱”。为此，本来我更应该引用这一段：

……她有点茫然，心情如何也不怎么明确，既没有什么憎恶，也没有什么反感，欲念这时无疑已在。对此她并不知道。昨天晚上，他要求她来，她同意了。到这里来，不得体，已经来了，也是势所必然。她微微感到有点害怕。事实上这一切似乎不仅与她期望的相一致，而且恰恰同她的处境势必发生的情势也相对应。她很注意这里事物的外部情况，光线，城市的喧嚣嘈杂，这个房间正好沉浸在城市之中。他，他在颤抖着。起初他注意看着她，好像在等她说话，但是她没有说话。于是他僵在那里再也不动了，他没有去脱她的衣服，只顾说爱她，疯了似的爱她，他说话的声音低低的。随后他就不出声了。她没有回答他。她本来可以回答说她不爱他。她什么也没有说。突然之间，她明白了，就在一刹那之间，她知道：他并不认识她，永远不会认识她，他也无法了解这是何等的邪恶。为了诱骗她，转弯抹角弄出多少花样，他，他还是不行，他没有办法。独有她懂得。她行，她知道。由于他那方面的无知，她一下明白了：在渡船上，她就已经喜欢他了。他讨她喜欢，所以事情只好由她决定了。

或者我可以提到她随即对肉体的描写：

> 肌肤有一种五色缤纷的温馨。肉体。那身体是瘦瘦的，绵软无力，没有肌肉，或许他有病初愈，正在调养中，他没有胡髭，缺乏男性的刚劲，人很柔弱，看来经受不起那种使人痛苦的折辱。

或者我还可以提到《蓝眼睛，黑头发》，甚至《琴声如诉》、《昂代斯玛先生的午后》……所有杜拉最迷人的特征，必须出现超出惯常想象、但又无比自然的迹象：它超越真实，抵达真实中的真实、真实之后的真实。旋覆其中的，一句接一句的，是一层层的矛盾，是不断的神经质的、又符合特殊逻辑的自我否定，作者在其中寻求的仿佛只是自身的饥渴。

“她有点茫然”，不清楚的，模糊的，随后，“欲念这时无疑已在”。“无疑已在”，顿时又如此清晰；“到这里来，不得体”，但是随后，“已经来了，也是势所必然”。矛盾自成道理，任由作者反复；“他颤抖”、“僵在那里”、“没有去脱她的衣服”，在这一刻都超出一般的惯性；“她本来可以回答说她不爱他”，更令人惊异，细想却非常合理；“突然之间，她明白了，就在一刹那之间，她知道：他并不认识她，永远不会认识她，他也无法了解这是何等的邪恶。为了诱骗她，转弯抹角弄出多少花样，他，他还是不行，他没有办法。独有她懂得。她行，她知道”。“冷静的疯狂”来了，每当此刻，正是杜拉最为深刻的时刻，就像本文开头引用的对旅程的感悟，直抵心灵，令人酣畅淋漓欲罢不能；刚刚表白

“她本来可以回答说她不爱他”，但是现在，“她一下明白了：在渡船上，她就已经喜欢他了”。忽冷忽热，冰火相融，思维的快感在否定之中获得慰藉；一开始“她微微感到有点害怕”，但是最后，“所以事情只好由她决定了”。经过层层纤维的剥离，鲜嫩的果实血淋淋地藏在最后。

这其中还有句子的重量的均衡。一左一右，一冷一热，一长一短，一糊一清，一微一巨，一反一正……仿佛禁得起放置天平衡量。这些并不是作为某种理念先行控制作者的写作，而是作者作为整个人的历练，在字词句的世界里的运行展现作者对整个物质世界的态度。

2007 年 3 月 17 日

普希金

我读书很少，俄罗斯的作品读得特别少。托尔斯泰和陀斯妥耶夫斯基好像都各只读过一部（最薄的）。我有时也有刻意避开过分经典过分如雷贯耳的癖好。但是也有意外，有时也不避。说到底，所谓避，也不是不闻不问，至少也都会尝试着去了解。初步了解之下如果兴趣不大，鲜有所闻往往比家喻户晓幸运，还有可能继续啃下去。当然，如果有兴趣，也就与名声大小无关了。普希金正是这样。当然，他是诗人，算上他卷帙浩繁的诗歌，他的作品肯定不少，不过，他那时代的诗歌我恰恰不是最喜欢读，有点受不了那浓郁的浪漫，特别是那浪漫又经过了翻译，总让我感到隔了好几层。不过，我读的他的第一个作品应该说仍然是诗。《叶甫盖尼·奥涅金》。好当然是好，但没至于让我追着有意去找他的其他作品，把它们串起来读。但以此知道他的书是值得买的。于是，在一次没想买书的时候，买了《上尉的女儿》。很薄，很便宜，好像只要七八元，虽然我那时穷，都觉得真便宜，我一激动，买了两本。我还记得那书店，在西康路，南师附近。那是1995年。

套话说得真是一字不差：我不知不觉看到天亮，一口气读完。甚至，仍旧不能摆脱套话：有一会我确实有那么一小点困了，心想明天再读，但，实在是欲罢不能：自从读了第一句，就不肯再放下。

这真是最令我着迷的方式：书名叫“上尉的女儿”，可是这十余万字里，她，这个“上尉的女儿”占了几行呢？这时，开始追着有意去找他的作品，把它们串起来读了。被名为“别尔金小说集”里的《射击》、《暴风雪》、《棺材匠》、《驿站长》、《村姑小姐》，篇篇精彩，真到了不得不用成语的地步：脍炙人口。而且，他与我自己的小说审美距离如此之大，他语速迅疾，热衷故事，语感温热，轻松（但不漫散），幽默（但不俗浊），以作品流传为民间故事为荣，尽管我知晓我未必完全缺失这些天赋，但往往追求的张力更甚，如此一比，不禁距离遥远，隔着四重山。所以，他可能是我反复阅读的作家中接受其营养最少的一个。但这似乎也不好说，有两年，我为了写出一个令我久久惊恐而难忘的爱情故事，十数次重写，怎么写都不是味，最后想到他，以松弛幽默入笔，果真一泻万里，然而在某个并不关键的时刻，突然再次索然寡味，留下近十万废字。那篇小说的名字直截了当，叫《惊魂记》。

得再说说他的轻松幽默、灵活跃动。这在整个俄罗斯简直找不到第二人！那些成群的大胡子，或者忧郁沉重的小伙子，我们给他们一个他们应该喜欢的比喻吧：他们真是高加索黑黝黝的雪山；如果是这样，那普希金就是披在他们身上的莹辉，是阳光在他们身上每个雪花冰胚闪耀的光芒。他是俄罗斯的阳光，他的普照是免费的。

如果仅仅是这些，仅仅是上面所说的这些，我保证我至少不会这么早写一篇他。关键在于一个“秘密”，大约1999年，我买到一本奇怪的书，《普希金秘密日记》。我爱这本书爱到这个地步：不仅毫不怀疑这完全出自他手笔（因为有人怀疑），甚至常常分不清其中一些句子到底是他还是我自己写出来的，比如：“如果一个女人在你进入她的身体之后仍然是漂亮的，那么她就是真的漂亮”——这简直是魔鬼写出来的句子，它表面上在叙述一件美事，但实际上却在一件人类日夜操劳的美事的空隙架上了一枚薄而锋利的刀片，让女人在一个原本必须完全投入才能体现最大最真实的可爱的时刻，却永远不能投入也就永远处于黑暗的虚假之中。就像一个表演痛哭的女演员首先关注的竟是自己的脸部表情是否漂亮，也就很难再表演好痛哭。要想摆脱这一魔咒，惟一的办法就是成为他、成为魔鬼、成为无可亵渎之物；这个句子完全成为一个漩涡，旋吸着读者变形；而他却说得如此轻松，因为他轻而易举地获得了发现，他因此显得促狭而粗暴，但这正是美女所好。而更为关键的是，多少人都敏感于“进入”这一温柔射击的瞬间，但是只有普希金在射击时考察对手被射杀之后是否还美。如此轻松蛮横的兽，或者充满悲怆的乐，恰恰安顿了作为光芒的他的重量或者质量。从此，他不是轻光，就像太阳有黑子，他是黑暗之光，他的遗世孑立似乎并不关心他的故事是否普照人间。

2007年4月16日—18日

川端康成

日本，不止是文学，日本的一切艺术都有一种我不愿承认的美，或者至少是我不愿承认的别致。我总觉得它们，它们的美，它们的别致，跟我没什么关系。同时，就像众所周知的那样，我也近似糊涂地认为：它们，来自中国这个母体，而最终由于其某种共同的极致最夺目地代表着“东方”，它们就像一个过分美、过分别致、完全脱离母亲长相的女优，不仅从情感上，而且从血缘上都不再与那又老又丑的娘有关；我、我们的“不愿承认”，不知是否与此息息相关？

说到底，相对他们的共性而言，日本作家之间的差别，特别是语言风格上的差别真是不大。同样的徐缓节奏，同样的充满空洞礼节的对白，同样的无视幽默，同样的哀而不伤，同样的色而不淫，乃至同样地面对所谓的人生虚无。

大江健三郎似乎是个特例，然而他确实让我感到他的语言不太日本，正如共识认为的那样，他只是欧洲哲学化之后的日本罢了。

由于文笔统一地细腻，日本小说充斥着细节，然而与很多读者不同，我没感到他们的某个细节成为某个时刻醍醐灌顶的命名，比如接近脍炙人口的《雪国》里“叶子”的眼睛与夜晚列车窗外的灯火重叠的那一幕，在我读来也就平平。他们并未塑造经典人物或者经典细节，他们塑造了经典情怀。

如果欧洲大凡沿循从虚无开始奔向现实最终得以升华的轨迹，那日本则沿循着自虚无始至虚无终、始终耽于虚无的淡泊的无望情怀。就连行动上最终那样暴力的三岛由纪夫，写起那些能剧来，也是那样地忘我而沉溺虚无，委实让我觉得奇怪。这种淡泊充斥在各个日本作家的作品中，使人感到这些作者实在只可能是真的喜爱写作，而无半点功利之心。这种淡泊并非口头宣称，而是以绝望的信念为代价或前提；无望而望，这也是艺术的本真前提。无疑地，我说出如此跑题之语，确实是突然间又想起了中国的情况。

整个日本的文学就像一支羽绒，反复描摹、搔挠你的内伤，就像子宫创口的复原，又疼又痒却不能直接对伤口有所作为，让伤势始终控制在文学或者艺术本身的范畴之内，不提供所谓现实的希望或者疗效。

一向与虚无奇怪对应的，是朴素、纯洁、纯真。“纯真”无疑也正是日本美学的主体之一。无论人物是否青年，川端的《伊豆舞女》，田山花袋的《棉被》，田宫彦虎的《鹿谷》，乃至夏目漱石的《心》，纯真气息笼罩始终，历经世事的洗礼，仍能使文笔和情感如同中学生，可见日本作家对“纯真”意境深刻的浸淫和迷恋。

美与死，虚无与纯真，菊与刀。川端康成清癯的肖像，与他最后选择自杀的器具——“煤气”——这轻盈而具备戕害能力的物质，都让人感到一座漂浮的岛屿具有的奇妙的危险和不安。

2007 年 5 月 20 日

聚斯金德

我有时不愿承认我如此不喜爱的作品却大受欢迎，可是理智上我又知道它的理所当然。聚斯金德是力图使《香水》具有神话的品质吗？他以为故事越离奇越接近神话吗？他以为他在阐释“天才”？他以为他命中了“天才”的本质？他以为他在为古往今来的“天才”立传并加以保护？他以为他竭尽所能地阐释完“天才”，他也就涵盖、蕴涵、囊括了天才？在“现代主义”盛行百年之余，他反其道而行之，照样以娓娓道来的口吻不遮不掩绘声绘色地讲个精彩的故事，试图以此曝晒“现代主义”之恶并对其加以蔑视？殊不知，他的故事直接而偏颇地弘扬了现代主义中“恶”的源头：即对“天才”的象征化粗暴地观念归纳。《香水》不过如此，比它差无数等级的他的其他作品，又写了些什么呢？

有时，我不知道我是否愿意把对聚斯金德这类作品的反感荣幸地归为杜拉所说的：“存在着一种男性文学，废话连篇、喋喋不休，被学问教养缠得动弹不得，思想沉重累赘，观念形态、哲学、变相的论述评论塞得满满的，这种文学已不属于创作范围，而是另一种东西，属于一种傲气，是一种一般表现老板地位的那种东西，完全没有特异性。在绝大多数情况下，他们根本不可能达到诗的境界。诗在他们那里已被剥夺无遗。男人的小说，根本不是诗。而小说，小说是诗，要么就什么也不是，是抄袭。”我不想或不能以这段文字来诋毁聚斯金德，是因为后者表面上更加狡猾，他在文字表面躲避了“观念形态、哲学、变相的论述评论”，而更多地以形象、细节，甚至是神奇的细节吸引了那么多“热爱”“故事”（或者不如说必须从故事中找到教益）的人们。在我刻薄的心里，这样一种似乎充满生动形象的作品还不如“观念形态、哲学、变相的论述评论”的作品，因为，它不再有思考，它在动笔之先，所有的过程和结尾都已写好，它表面上充满形象，然而所有的形象和细节无不统摄于他早已归纳好的那一个（！）观念之下。它不再有思考，它失去了写作最本真的意义。想象力！有人要对我说起《香水》中“伟大的”、“神奇的”想象力！哦，充满欺骗性的想象力，它是“现代主义之恶”的另一个源头！

几年前我写一篇关于聚斯金德的书评时，与现在写这篇文字一样，没有读完他的任何一篇作品。可是我仍旧知道他写了什么。我隐约替一个可以从梗概或电影中得知他写作的秘密的作者而感到羞辱和胆怯。尽管当时写那个书评是因为约稿的编辑有可能促成黑蓝文丛的出版，但是，想到我当初写它时那样的坦然若素的口吻，我也鄙视我自己。

2007年6月19日

歌　德

I

你从很多人那里了解文学观念的变革，获得某种精神，学会某种写作技法，但是歌德教会你改变生命，并且是主动地、快乐地、有效地改变，随即以改变后的生命观、世界观乃至宇宙观重新投入创作。

从他那里获取营养是令人惊喜的，因为你在改变最难改变的、是你最初不能相信可以改变的事物：他甚至给你改变“命运”的信念和力量。实际上，首先是乐趣，这乐趣使你明白“有效地改变”本身比其结果更为重要。

他不像荷马，在茫茫黑夜用他沙哑宽厚的声音编织一座哄你入睡的摇篮，他也不像尼采，在赤道上空的烈日之下教你改变时伴随着抵触和反抗。他的重要特征是雄健，他教你在任何陷入个人困顿个人悲哀的时刻，以一种更高更广的力量将其压服并且蛮横地抛弃，思及自身之外，并且以最快的速度用行动表现你的思考。否则，只要你没有行动，只要你的思想没有外在的老茧的磨砺，那你一切所谓的思想在他那里无异于空白或者停滞；而且你觉得他正确。

从他那里接受营养，不像从海明威那里接受营养一样，害怕丧失自我。因为他基本上无视个性。我坚信这不是因为他所处的正是一个不重视个性的时代。正如纪德阐明的那样，他“并未像在他之前的伏尔泰或狄德罗和在他之后的尼采那样抨击教会。他走得更远，或者说他从侧面过去”。面对“个性”或“自我”，我相信他也是这样不屑一顾。一个伟大人物必然懂得不在貌似严重实质无谓的事物上浪费精力，哪怕为此经常“从侧面过去”而多绕远路，实际上这顺便为他锻炼身体提供了更多机会。

浪费。我却常常把歌德自身力量的获取归结为他的著名的十一年的浪费。这不是事后诸葛式的归结，更不证明他的经历值得模仿和翻版，因为这不算短的十一年首先是一场真正意义上的浪费：各种资料都可以表明，《少年维特的烦恼》在全欧洲的风靡，二十六岁的春风得意，魏玛公国奥古斯特公爵恰逢其时的邀请，都不可能使他真正领略这一瞬间的决定所导致的其后十一年真正意味着什么。只消以我们当代无数在青年之后脱离写作的写作者的经历，就能发现实际上这样的情况非常普遍。然而重要的区别在于，十一年之后，三十七岁的歌德对这十一年“摆脱”时所体现的决心和力量：他甚至改名换姓，悄然逃离魏玛宫廷潜入意大利旅行。艰难的不是进入，而是“摆脱”和“重新进入”。我宁愿相信这次巨大的摆脱经验正是纪德后来所说的“这便是他的力量所在：满足后立刻挣脱”的重要源头。

若不是实在找不到值得一写的对象，而网刊专栏的期限又近在眼前，我绝不可能允许自己在一篇短文里谈论歌德，只有我自己才能痛苦地知道，这样的浪费已接近他的十一年，我必须立即闭嘴。

Ⅱ

《亲和力》密集而凝练地注视“关系”，把“关系”作为一个问题并加以研究，并且把它“研究”到艺术的高度，使我们发现此前从没人如此专项地关注过“关系”，后来至今的人们广泛地把“关系”作为小说创作的一个主要话题却都没有超过它的高度。

他在严格意义上被称为小说的作品，如果把《威廉·麦斯特》两部分开来算，也只有四部：他的伟大常常让很多读者不能相信这个微小的数字。《维特》是针对过去的作品，它也很容易“过去”；《威廉·麦斯特》是针对未来，实质是《浮士德》的小说版，其本质是面向理想和自我教育；惟有《亲和力》关注“当下”，尽管作品中有些时代烙印的称谓，但由于笔笔着力、鞭过留痕，关注研究的话题触目惊心，至今仍让人感到它是一部“当代”作品。

它的“当代性”，除了专门涉足“关系”这一具有现代意味的永恒话题，还因为它对小说文体的严谨结构。《亲和力》是歌德最专注于小说自身的一部小说，从头到尾它都是那么的小说化——它不说教，不理想，有虚构但不浪漫，有情节但不历险，每个动态的捕捉都处于两个动作的承上启下过程之中——罗丹认为这是艺术的核心，它没有小说自身之外的目的，它抛出问题，顽强地面对问题但解决不了或并不关注问题的解决，它的每个元素都对小说自身具有建设意义。

似乎刚从痛苦的爱情中摆脱出来的清醒和疼痛使他的雄健在《亲和力》的语言中显得更为清新而及物。最初对自然科学刻意的热爱在艺术中得以随意整合并产生化学反应。“雄健地表现哀伤”，达到了一种“放弃上帝”的奇妙效果。清晰的力量纤毫毕现，不易陈旧，在每个“当代”都铮铮作响。

《维特》针对过去，却写于青春期，《威廉·麦斯特》针对未来，却起笔于繁杂现实缠身的中年（1877年），《亲和力》针对当下，却写于一般意义上开始晚年的六十岁，——我随便列举，并不特别想追究其中是否有何蕴涵。

Ⅲ

《威廉·麦斯特的学习年代》和《威廉·麦斯特的漫游年代》就像撒在黑底色上的金粉，与年轻读者的趣味相去甚远。我们不知道它们能给我们带来什么，也不知道它们会把我们带到哪里去，我们几乎不清楚继续阅读它们的理由，但是一种接近于上天的指令要求我们仍旧懵懂混沌地读下去、读下去，甚至需要每天规定阅读页数，就像是硬着头皮做功课，以检测自己的承受力。

仿佛是为了把无数的格言串起来，歌德才拉来了威廉·麦斯特这个人物。但是，当格言多到了充斥着整整两本书，并且它们并不是为了对同一事物表达由浅入深、线形的理念，而是弥漫在人物生活的方方面面——当然主要是“学习”和“漫游”——但是这两个词又似乎包含了人的一生，尤其是“自我教育”的一生，使这些格言就像不值钱的珠宝，或者虽然值钱但实在太多俯拾即是来不及收取，这才让人感到这些格言在这两本被称为小说的书里并不是作为一次次的结论，而就是材料本身。简单地说，《威廉·麦斯特》创造了一种“把观念当材料”的文体，后来尼采的《查拉斯图拉如是说》在我看来如出一辙，后者更具魅力，是因为它动用了更接近现代主义的冷静的疯狂语调，效果足以致幻。

就像经年累月的风霜必然使皮肤焦黑，时间和经验也必然决定作者作品的变化。当然，每一个作品都比作者写它时的实际年龄要年轻一点，甚至很多；但总体上符合他那时的年龄段所固有的精神气息。《威廉·麦斯特》两部描绘的虽然仍是一个年轻人大约从二十岁到四十岁的成长，但其稳健和雄厚显然不是维特时期的歌德所能抵达。由缓慢阅读的过程品味从《学习年代》到

《漫游年代》的变化也是相当有趣的：这是一本大书，需要作者谨慎、稳妥的开始，《学习年代》整本书正是这样的气质，尤其是它的开头部分也是整个《威廉·麦斯特》的开头，甚至是抒情的；而到了《漫游年代》，一方面基础已稳，更重要的，《威廉·麦斯特》的创作目的已部分达到，使《漫游年代》的创作陷入鸡肋式的尴尬：目的已显露，但离充分还很遥远，然而要达到充分，必须仍旧沿袭这个人物的生长线路，这多少让人厌倦，而况不可怀疑的是，新的目标在召唤。此间深刻但又必须压制的焦躁流露在字里行间；然而正因为如此，再次借用纪德的话："他利用一切!"在《漫游年代》，歌德甚至利用了焦躁，使《漫游年代》粗砺老辣，结构上经常显得暴力；与《学习年代》的文风拉开了距离，不仅凸显了歌德抛弃一切无用枝蔓、而直奔"把观念当材料"目的的蛮横，也化险为夷地真实展示了"二十岁"与"四十岁"的区别。

2007年9月17日

唐丹鸿

最近，我又经常念叨两个以前也常常念叨的句子，一会儿我说“可以说没什么好说的”，一会儿我又说“用你的春风吹来不爱”，于是我又想起了唐丹鸿。

1996 年在北大第一次见到唐丹鸿这个名字时，不可能想到以后会相识；我骨子里有种哀毁的心态，对与人相识、相知不存积极的愿望。当时《黑蓝·创刊号》刚出刊，我去北大寻求更多的主要是诗歌，也可以是小说作者的支持。胡续东和另一位长得很内秀、戴了一只小耳钉，而且如果没记错原籍应该是江苏的舍友报了一些名单，有的知道，有的不知道，随后他们又拿出一个 32 开的小册子，上面印着一些诗歌，我一边看一边念道“唐丹鸿”，胡续东问：“知道吗?”我说：“不知道。”他轻描淡写地责怪：“唐丹鸿都不知道，女天才……”尽管我那时就对“天才”略微过敏，但还是继续读着，因为那十几行诗排列还算工整，不是很扎我外行的眼，更重要的是，题目、句子、词的组合瞬间就能抓住我，并且感到亲近，我并不能肯定这朗朗上口、节奏感强得就像摇滚歌词似的诗是好还是坏，因为它们特点如此鲜明，勇敢的天真或天真的勇敢让人不敢立即表态，我只敢说：“这个我喜欢!”那首诗是《机关枪新娘》。

回来后我给她寄了《黑蓝·创刊号》。让我吃惊的并不是她的回信——尽管她的回信无论是篇幅还是内容本身都有其特异性，特别是随信寄来的几篇随笔非常美好，在当时有效地拓宽了我对“随笔”的概念，——而是在她回信不久，突然有一天，应该是朱朱而不是她自己，电话告诉我：“过两天唐丹鸿来南京，到时黑蓝的朋友一起来聚聚。”当时尽管我的物质条件突然比先前有了一个飞跃，但整体条件，尤其是意识上与时代的脱节都不能让我瞬间接受与一个写得这么好的诗人这么快地认识。我甚至有点紧张，外表的若无其事不如说是因为无奈：怎么准备也不可能在短期内使自己的写作有个质的飞跃，从而获得优秀者更大的刮目相看。她到了南京之后要先去趟苏州，两三天后回到南京再聚，但是我们谁也没想到接下来的那两三天发生了什么事，更不会想到我们第一次见面是在怎样的情况之下。简单地说，等她从苏州回到南京，《黑蓝》已被停刊。我记得我和吴海燕在玄武门与她和朱朱见面，一方面六月的阳光已经很刺眼，另一方面被审讯之后的空洞和麻木挥之不去，我懵懂不醒的状态多少影响到她，她看起来也不像她的诗歌以及后来见到的她那般鲜艳，而是更像个母亲或姐姐，虽然心疼，但初次见面的生疏又制约着安慰，只用她细碎甜糯的声音表示惋惜。

而我最惋惜的是，她那几篇随笔，也因搜查而遗失，并且至今没再看到。

初次见面，她给我的印象是“额头真宽”，那时我阅历稀少，不知道这是四川女孩的普遍特征。

后来，我也记不清一共与她见过几次面了，大概四五次吧。因《黑蓝》停刊回到常州，过了很久我才会说话、写字，大约到了1997年，把那两年的手记整理出两本小册子，在残留的通讯录里找出几个朋友寄去，——虽然十年之前常常仍在眼前，但当时作者之间更为私密而有效的交流方式与今天确实已经天壤之别，——这次我收到了一笔财富，唐丹鸿给我寄来她几乎是全部诗歌的打印稿，记得她在信中特别注明其中有她最新的长诗《X光的、甜蜜的夜》。这本打印诗集与一本浙江文艺版的《麦田里的守望者》（重要的是这本书后面的《九故事》），我一直称得上“珍藏”，多少次搬家，有时我一个人搬出来，它们都在带上的书籍之列，让它们和另一些也许气质完全不同甚至相反的书一起构成房间的气息，养育思维的灵光。

很少有文字是完全由于喜爱而反复阅读终致能够背诵，她的很多诗歌对我而言属于这个少数。我记得刚刚收到她这本打印诗集，在常州那个简陋的客厅，桌子特别硬，桌子上有块厚玻璃，晚上，日光灯特别亮，或者其实特别黑，至少外面是那么黑，我打开这本A4大小、握举携带有点不方便的册子，发现纸是那么白：

夏天，我心爱的就要失踪了，

随着近视加深，伟大的凤凰
朝更远处飘动。

多少深夜，唉，多少破坏之神来到沙发上，
咽着唾沫以堵住痛哭的冲动。
左手腕啊，蠢姑娘看着你，
又猛然扑进了书架的怀抱……

窗外，一个蛋形孵出音乐厅的翅膀，
民工们像它疲惫的妈妈，
月光，把一切嵌进了蓝冰。

总是此刻，我渴望听见
一种温和的声音，告诉我他的深思所得。
让我看见某人与我一样，掩面推敲，
头颅里有一架搅拌机在无声地旋转，
我愿把他那劳动的驼背搂进怀中。

我不知道她，或别的见面时不戴眼镜的人是近视的或者并不近视但是可以写成近视的；我也不知道写不出时盯着左手腕或咬嘴唇是值得关注的；我只惊叹过屋外的楼房造得那么快但不知道在我们的文字中还可以这样感到民工和我们的关系；我更没感到对另一个沉思者的爱怜是值得记录的。我也不知道“凤凰”是可以这么“象征”的，我也不知道这样的句子要在忍受多久之后才能突然谨慎地喷薄而出。

几乎不能不一直引下去，因为什么都不能省略：

他不知掠过脊梁的微颤是我
说：“喂！”他只可能
注意到窗帘在动，
自己的影子与玻璃贴合，像巨大的X光片。

而我，已经任烟蒂烧坏了手指，
咬着嘴唇写下去……真的，
我躺，无论是褥子，还是棺椁，
都并非它们本身。夜晚与睡眠的关系
确实破裂了：
形容词多么无辜，
被需要就献出，又常常遭到厌倦，
谓语不肯受伤，
情理累，
美像扔掉垃圾一样离开作者。

我的隔断之间没有遗漏；我必须继续：它们是完整的；只是这里完全需要另一个声音：

一天，酒走进我心中，劝我

不用顾忌他人白眼，说它愿作

我的水晶。我吻着，燃烧的液体恋人，

暗暗下了决心，在另外的纸上

为此献上颂歌。

同时我感激这卖酒的小屋，

你看我的女友，她的声带发出哈哈声，

牙齿是汉白玉所在，她

扭髋狂舞，全然不顾腰疾，

她啊，何尝不比我沮丧！

总是此刻，我像一片膏药贴上去，

声音不断变换，但你知道是同一个人的，她因为控制、控制不住、又必须控制而变换声音：

肉体中到处都是心脏，或耳朵，

追求着“节奏”——

植物，顺着光芒和雨露腾向未来，

化学像神经沟通物质的两端，

心灵前进着，时日归于看不见的汪洋，

…… ……

这些无尽的并列句！

请说吧，怎样都行，

即使撒谎，只要语感针尖般一擦，

闪电像修辞的银树击毁正常人；

请说吧，即使白白清了清嗓子，

只要能量尚在聚集，

甚至疯。

今夜灯光将亮至骨髓，

嘴唇紧抿成一条红线，连接抽泣与微笑，

今夜，电话听筒搁在起伏的平胸上，

我听见了荒唐的动静，

当然，要吸收这些躁声。

盲音，一种方言，发自消逝，

爱却永远不会如此沉默——

类似从你的手心，汗液秘密地渗出，

树叶潮湿而山坡软绵，

在墨水中，你的肉体有一颗彗星的形，

到哪里去了？这非常重要！

我不懂隐喻，明摆着，亲爱的朋友。

你雌雄同体，逻辑乱如光中飞尘；

我失去了象征，既糟糕又美好，

……向后退。

写至此刻，我想起在高原：

写至此刻，我想起在高原，

清晨五点钟，我走到户外，

差点与合唱的繁星相撞，

到处都是秘密的影子……

后来天空展开了眩目的羽毛，

一座座雪峰，像手臂，

高高举起它们的岩石、冰和风暴，

无尽的血在巨大的体系中循环着，

凤凰，睇来怜悯的一瞥：

幼稚、渺小、空洞集丹鸿于一身，

颤栗吧，徒劳吧，直至欢乐……

夜里睡得好吗？很好，真的，

这 X 光的夜，分泌出隐约的甜。

让我说：诗歌，我爱，

然后曙光温暖，民工们醒来。

那些《你可能是我的兄弟……》、《向日葵》、《突然吊桥升起》、《机关枪新娘》等等，特别朗朗上口的不必再说，我还特别喜欢《拖拉机的妹妹》：

秋天，郊外只剩下空白

乡村路上印满错话的辙痕

近视眼走出玻璃樊篱

为了句法模糊地来而去

但是

创裂，决无愈合而辜负了酒精

一想起橡皮擦就哭

以拖拉机的慢速惯性

写作者如废铁跌入壕沟

但是，我说但是

经过稿纸那干燥的田野时

如果你遇到了拖拉机的妹妹

请你像钢笔那样摘下笔帽

向她剧痛的生锈体致哀——

在遇难者腐败的夕阳下

她伫候墨水来相会

似乎，我对书写“写作”本身的文字特别热爱，也许也正是它们，让我觉得“写作”本身，是一件值得“研究”或至少是值得思考的事。世上工种万千，写作也早已存在数千年，但由于它的最大属性正是思索，思索的目光却最将它远离，因为任何职业的人，总得受制于对自身工种的谦卑和避让，于是写作者的目光更多地朝向自身之外，以身外的世界折射自身。一个直角或锐角始终梗在写作者的腹部，使他们先天性地成为驼背，因为他们需要的艺术不可能是一面平镜的直接反射。

突然，从那之后，除了再见过一两面之外，我们的交往，尤其是写作本身的交往，似乎就中断了。那一两次的见面，也完全是泛泛之见，都在稠人广众的饭局之中。当然，所有的突然都不突然。那两年，必须承认各自外在生活的变化是巨大的。大部分人从完全不能相信自己还能拥有电脑到逐渐习惯用电脑写作并兴奋异常。大部分人从完全不能相信自己还会去买一部手机到突然发现手机已经逐渐普及并且突然自己也有了一部并为此疑惑自己是否不太像个写作的而更像个老板。我并不完全清楚她的变化。但是，有次整理旧书刊，在一些大概是 1990 年左右的《诗歌报》上意外地看到她的几首诗，那些诗，声音的特点完全淹没在那个时代和她自己的年龄所共有的情绪之中，很难跟后来的唐丹鸿认作一人，那么，由此也就可以想见，她的身体可以容纳多么大的裂变。与此同时，间歇地不知从哪里听说她仿佛不再写诗，她在拍记录片，她离婚，她又结婚，她去西藏，她又去西藏，她爱上了一个喇嘛……有些很像小道消息但这不重要，这里要求的并不是相信或猜疑，这里只传达着合理。

直到 2002 年要做黑蓝文学网，我才又跟她联系，问她要全部的诗特别是 1996 年之后的诗。于是我才看到“用你的春风吹来不爱”、“可以说没什么好说的”、“我的坏在哀求我的好”。顺着这一组看下去，《短诗 1996—2000》，《短诗 2001》，《短诗 2002》，首先，不能不承认，数量在减少，同时，诗整体上变短了，句子也短了，短到了最终，似乎对言说逐渐丧失兴趣。我不免细读，试图了解这一变化的根本原因。“用你的春风吹来不爱”即《短诗1996—2000》这一组，题目（也就是灵感源）尚在持续着绵延之力，但里面的句子已经开始显示后来的征兆：如果说以往，包括《突然吊桥升起》、《红指甲》、《从梨子到蝴蝶》、《向日葵》以及稍后的《五个标本》等诗作，她对紊乱所生成的强烈节奏或相反——对强烈节奏所生成的紊乱——的迷恋肇始于某种主动的、有意识的追求，也因此它们尽管常常词句组合紊乱而炫目，但结构往往工整而匀称，语感流畅而高亢，在貌似炫目的色调上“逻辑”尚且合理，具有建筑和音乐的双重之美。她还在控制，或需要一个“大局”的稳固方才获得某种隐秘的安全，那么，到了现在，1996年之后，这种稳固所带来的安全已经不能再使她感到满足，她在渴盼更多更大的“破坏之神”，她渴盼中断，她渴盼戛然而止，她渴盼短促，她渴盼直接陈述，她渴盼丧失逻辑，如诗里直接表白的那样她渴盼乱伦，她渴盼涤净一切技巧之后的直白，她渴盼看见这一切全盘的而不再是局部的紊乱、破碎之后，自己还能控制、聚拢的一个诗歌/自身形象。那么，或者不如顺理成章地发现：她渴盼行动；这一切之后，如历史上众多经验所显现的那样：惟有行动，才能更满足于她对自身裂变的需求。于是，我必须重复：这里要求的并不是相信或猜疑，这里只传达着合理；她由诗歌转为拍（记录）片，因此成为某种必然，既然她不可能去走私军火或经营房产。

一些诗，包括她的一些随笔以及访谈乃至听说中的记录片

《夜莺不是惟一的歌喉》中的部分内容，不免使人疑惑她的童年经历、家庭背景。然而经历就像材料，你的使用才决定它的意义。究竟多么大的“创伤”才能牵扯诗歌本身的关注呢，这完全只可能取决于各个不同的作者自己。如果一个人内心没有追究的漩涡，陨石撞破地球也不可能让他感到丝毫的创裂，反之，一枝根须撑裂泥土的空隙也会给他带来疼痛。痛苦不会因为痛苦而美好，但美好却会因为美好而痛苦。

“写至此刻，我想起在高原”。必须说一下西藏。据我所知，她的记录片题材除了自己就是西藏。虽然这个地名由于它被众多写作者虚伪膜拜而成为一个谨慎的话题，但是不必因此而在唐丹鸿和它之间谨慎。甚至早在这股虚伪之风之前，唐丹鸿就感到自己对西藏的渴求或亲近，这从地理上首先形成合理性：从成都到拉萨虽然有2000公里，但在地图上确实是近邻；——无疑这个角度非常实用主义；更为真实的原因不可能不是她对破坏和裂变的本能需求，常常有各种理由使我相信或感到她在“内地”得不到自己所需要的安慰，她需要那个“蛮荒”（也许只是我们认为的）、光明而厚重之地的磨砺，从她数次西藏之行的随笔可以看出，即便到了最终，她抵达的实际上始终是一个陌生的、融不进去的所在——这同时说明，她从来不是为了去膜拜、朝圣，她从来就是去“旅游”。

突然，又没了。并且一直消失至今。但是，只需一个信息就能串联那些消失的时光，就像星辰之间的连线串联宇宙的秘密：

我所能知道的最新消息是，她已于2006年嫁到了以色列，并生了一个女儿。我一点都没吃惊，因为让人吃惊似乎是她的属性；就像我们也并不知道别人是否对我们数年来自认合理的变化感到吃惊一样。她更是随兴而言："以往的艺术创作、生活历程，这些都不是冒险的旅途"，"生孩子才是女诗人真正的冒险"。但是，一个"游客"，一个只渴求破坏和裂变本身的游客，到底能在这地面上得到什么呢？到底什么样的生活、哪一件信物才能给这样一个游客以安慰呢？我从来就不怀疑不久之后她还要否定今天的否定，真实地说：我心里的唐丹鸿还远远没有到来。

2007年9月17日—10月17日

萨　福

没有一个人
能够看到
及时而来的阳光

——萨福《我也为你骄傲》

后来我终于发现像我们这样的人奢谈“译本”实在有其可笑之处。我们知道什么呢？我们不仅对任何一门外语基本上斗大的字不识一个，而且更重要的是，我们究竟有几本书是读过两个以上的译本呢？也许更多的只是因为我们自己读过的那个版本先入为主、充满了我们的意识并形成牢固的阅读习惯，再与我们根本性的懒惰相结合，从而生出偏执的、倔强的排他性，使我们只可能坚持强调自己读过的那个译本“最好”，怎么也不可能相信别的译本还能超过自己所读的这个译本。王道乾、《情人》；赵少伟、海观、吴劳、《老人与海》；董问樵、绿原、樊修章、郭沫若、《浮士德》；《乌发碧眼》、《蓝眼睛，黑头发》；《嘴唇美丽而我的双眸澄碧》、《碧眼朱唇》；《下到小船里》、《来到小船上》；《为埃斯米而作——既有爱也有污秽凄苦》、《献给爱斯美的故事——怀着爱与凄楚》……我们喋喋不休，我们情绪激烈，我们伤了和气，我们随时准备决斗；可是，我们到底知道什么呢？

1989年百花文艺版、罗洛译的《萨福抒情诗集》在我心里也是这样的地位。十余年来，虽然次数不多，但只要看到或听到别的萨福中译本，甚至跟萨福相关的中文传记、小说，都恨不得咬下译者/作者一块肉；迷恋之至，已到了“罗洛的萨福，才是惟一至上的萨福”，并且，“罗洛的萨福”惟我独有、不允许别人再去触碰的地步；回头试想真不知自己何苦如此。其实最初的接触就能成为自我反驳的证据：我买它时根本不知道萨福是谁；从书店带走它最重要的原因是因为它薄、小，里面的内容也短小、浅显、易懂，符合当时我偶尔想学着写点诗的教材标准；至于价格，不知是否原因之一，1.80元，可能当时也并不廉价；记忆中书从来就没便宜过。

这种先入为主与陪伴成长、树立自信息息相关。它们是陪伴你一起长大的，到东到西，你都带着它们，它们已成为你身体的一部分。在最初还没有完全知道文学是什么的时候，买了一本根本不知道作者是谁的书，甚至因其过于“浅显”而胆怯地怀疑“它们是否是‘诗’”，到后来看到海子诗歌里写到萨福，再后来，最重要的是，看到塞林格在小说里几次用到萨福，与此同时，随着反复阅读，也就越来越视为瑰宝。

罗洛译的这本《萨福抒情诗集》，最让我热爱的是它的完整

《萨福抒情诗集》1989 年百花文艺版封面（罗洛 译）

性，确切地说是：无数空白或空隙所产生的完整性。连同目录、译序，它是一本只有八千多字的书，真正诗歌的内容只有五千多字。因历史原因所导致的断章、残片，使这本书天然地充满了空白、遗漏、空隙，在译序中，罗洛就说“不把一些断片‘拉长’或改写为完整的诗”，作为诗人的罗洛充分理解这些空隙无损它的美感，甚至反而能让人感受现有文字之外更多的强大，使它不仅是一本诗集，也是一本小说，一本传记，一部历史。虽然没有说明，但看得出所有诗歌按时间顺序排列，一共收有萨福据说现今能找到的所有诗歌一百首，其中只有第三辑七首诗是完整的。

尽管不愿意承认，但我仍相信塞林格比我更喜欢、更深刻了解萨福。《木匠们，把房梁抬高些》，题目就来自萨福的一首祝婚歌《许墨奈俄斯赞歌》的第一句：

第一个声音

把椽子举起来！

举得更高一些！

一位比阿瑞斯

更高的新郎来了！

第二个声音：

许们

许墨奈俄斯！

第一个声音：

他高出于

众男子之上

就像累斯博斯的诗人们

高出于众诗人之上

第二个声音

唱起赞歌来吧

啊，许墨奈俄斯

而这篇小说正是写一场婚礼，尽管也许这并不是一场值得“祝贺”的婚礼；如此的结构、个人阅读经验贯注题目与正文的关系，对拓展中短篇小说的“空间”具有深刻意义。

萨福诗歌之所以能流传数千年而毫不褪色，正是因为她几乎不关注那些时代特征的词汇，而只表达强烈而真挚的感情：这个被用得贬值的偏正词组在这里将显示它的最高价值。当诗歌还没有承担那么多的人文、学术、技术、表达上的责难时，它更多地作用于对作者自我的安慰；并且在这一点上，诗歌似乎确实比后来有效得多，尤其作为爱着她的女学生的同性恋在抒发情感的时刻：

《阿狄司，这是你说过的话》

阿狄司，这是你说过的话

“萨福，如果你再不起床

不让我们瞧着你

我就不再爱你了！

起来吧，放松你柔软的

躯体，脱下你的希俄斯睡衣
像一支百合花斜倚在
泉水中，你沐浴吧
克勒斯正从衣柜里
取出你最好的紫色外衣
和黄色的短袖衫
你将有一件斗篷披在身上
还有花儿戴在你的发上……
普拉希诺阿，我的孩子，你愿
为我们的早餐烤一些坚果吗？
有一位神明是庇佑我们的：
今天，我们终于要去
米蒂利尼，我们心爱的
城市，它的众女子中最可爱的
一个，萨福，和我们一起
她行走在我们中间，就像
被女儿们簇拥着的母亲

当她从流放中回到家里……”

但是，这一切都已被你忘记。

最绝望时就更激烈了，但不失高贵：

《向我的帕福斯女主人祈祷》

斑斓宝座上的阿佛洛狄忒

永生的神的女儿，陷网的

编织者！我向你乞求

不要逼迫我，使我的心充满痛苦！

来吧，就像从前当你听见

我在远方哭泣，你就从

你父亲的屋里走出来，走向

你的金车，驾起你的双马

它们羽毛丰满的翅膀

掠过天空，载着光辉的你

从天上迅速降落到

黑沉沉的大地，那时，至福的你

面带不朽的微笑，你问

是什么使我烦忧，使我
又一次向你呼唤？
我的苦恼的心
最渴望的是什么？
“你相信谁会
给你以爱？萨福，是谁
对你不公正？让她跑吧
她不久就会追逐你的
如果她不接受礼物，有一天
她将会献出礼物的，如果现在
她不愿爱你——她不久将会
爱你的，尽管不是自愿地……”
如果曾经——现在来吧！
让这无可忍受的痛楚减轻些！
我的心所渴望的将会
实现，使它实现吧；你
把你的力量加在我这一边！

《没有听见她说一个字》最后三行我曾经用作《被迫接受Ⅱ·春天》的题记：

坦白地说，我宁愿死去

当她离开，她久久地

哭泣；她对我说

“这次离别，一定得

忍受，萨福。我去，并非自愿。”

我说：“去吧，快快活活的

但是要记住（你清楚地知道）

离开你的人戴着爱的镣铐

如果你忘记了我，想一想

我们献给阿佛洛狄忒的礼物

和我们所同享的那一切甜美

和所有那些紫罗兰色的头饰

围绕在你年轻的头上的

一串玫瑰花蕾、莳萝和番红花

芬芳的没药撒在你的

头上和柔软的垫子上，少女们
和她们喜爱的人们在一起
如果没有我们的声音
就没有合唱，如果
没有歌曲，就没有开花的树林。”

郎加纳斯在《论崇高》中引用过的《他不只是英雄》也是一首完整的诗：

在我眼里，他是天神——
他得到允许
坐在你的身边
他亲密地聆听
你的甜蜜的声音
你的絮语，那诱人的
笑声，使我的心
急剧地跳动。如果我
突然和你相遇，我会
说不出话来——我的舌头

僵硬了；火焰在我的皮肤下面

流动；我什么也看不见了

我只听见我自己的耳鼓

在隆隆作响，浑身汗湿

我的身体在发抖

我比枯萎的草

还要苍白，那时

我已和死相近。

亚里士多德引用过《我们完全知道》的片段，并使这些片段成为今天这首诗的全部：

我们完全知道

死是邪恶的

我们有

神的意旨：如果

死是好事

神也会去死

很明显，连续的引用已经形成本文夺目的病症。可是，写来写去，我发现除了让大家读罗洛翻译的萨福诗歌本身之外，我无法说得更多。网上关于萨福的资料很多，大家只要百度一下就能知道：A. 关于她的身世：“萨福约生在公元前612年左右。她出生于累斯博斯岛的贵族阶层，她的父亲斯卡曼德罗尼摩斯在这个岛同雅典发生的一次战争中牺牲。她幼年时，由于当地僭主的迫害，曾逃亡到西西里岛一段时间。她生过一个女儿，名叫克勒斯。她的兄弟卡拉克索斯爱上一个名叫多里卡或罗多庇斯的女伎，曾花费许多钱为她赎身，遭到萨福的谴责。有一个时期她因为家族的政治活动而被放逐，这段时间她在Sicily（西西里岛）度过。这时她已是知名诗人，而锡拉库扎（Syracuse）的居民因她的光临而感到莫大的光荣，他们为她竖立了一尊雕像。”B. 关于她的美貌：“传说中的萨福美貌无比，有一次法官要判她死刑，萨福当庭脱下上衣，露出丰美的乳房。片刻，旁听席上爆发出震耳欲聋的呼喊：不要处死！这样美丽的女人！因为美丽，萨福重新获得了自由。”C. 关于她的荣誉：“在累斯博斯岛上，许多年轻女子慕名拜学她的门下。萨福与女弟子们情深意笃，为她们写了大量动人柔美的情诗，当雅典伟大的统治者梭伦听到其中的一首《为何她音讯全无》时，止不住发出‘只要我能学会这一首，那么死也无憾了’的赞叹”“柏拉图把她从伟大的抒情诗人的地位提升到文艺女神之一。”……我既不是学者，对古希腊也毫不了解，要作这样的介绍除了摘引别无他法，我只可能以一个读者的角度说说和我有关的萨福：例如，有一年我很痛苦，却可以反复念叨她几句极简单的诗而找到安慰或者平衡：

《说来奇怪》

说来奇怪
过去，我善待的
那些人，也就是
今天给我以
最大伤害的人

我们不知道历史（自然的、人为的）冲刷掉的是怎样的句子，但剩下的精华会让我们感到我们接受的一切其实都只是片段。这些片段即便如此朴素，也比众多格言更具魅力；也许正因为此，它们才被不断引用，并因此串成历史。

2007年11月19日

纪　德

一、策　略

“最后一位古典大师”，我记得我在真正阅读纪德之前看到对他这样的称谓。这个称谓给我带来不少误解，倒不是因为我更相信“现代主义”；而是相反：多年来“现代主义”的品质使我更容易产生尽快阅读它们，尽快了解它们随即尽快丢弃它们的愿望，就像它们本身的属性一样。而“古典主义”也与它们自身的属性一样，应该放到最后，慢慢品尝，需要更多的耐心。

纪德似乎从来没有对人们扣在他头上的这顶“古典大师”的帽子发表过看法；沉默似乎表示某种认同。当然，在本质上，“古典”和“现代”岂有轻重？但这对于他的被阅读和被接受却无形地形成某种障碍。尤其是中国当代年轻人，由于长年沿袭的对虚幻的狂热、对事物表象的冲击力和破坏力的“革命性”有着天生浅薄的着迷，他们已经养成粗糙地对待事物的习惯，“古典”，在他们的意识中不啻为“老朽”的代名词；他们视它们为粪土。

每一位伟大的艺术家，促成其伟大的动因，常常是他最初隐秘的胆怯和敬畏：因为胆怯自身的渺小而产生的敬畏。《背德者》之前的年轻的纪德，谁也不会给他扣上这顶“古典”的帽子。《安德烈·瓦尔特笔记》、《帕吕德》、《人间的食粮》，这批可统称为他的“处女作”的作品，一致地以“决裂”为隐秘动力。甚至作品外形上，也是非正常和非传统的，——当然，这些说法都只能是相对而言；相对的对象是他所处的时代，他的其他时段的作品，以及他之前的时代，甚至他之后我们现在的这个时代；“传统”、“古典”和“现代”，原本没有一个绝对的标准，——但是绝对存在着一种关涉本质的精神，凭借这精神的向度，我们能够发现他的“现代性”放在今天仍不失色。

这就带来了一个矛盾：何以“现代”和“古典”在纪德身上如此“冲突”地并存？其实，这并不矛盾；或者说，伟大人物身上必定存在着众多的矛盾和悖论。从《人间的食粮》到《窄门》这五年，纪德经历了相当可怕的“空白时光”，——当然，这种“空白时光”在他后半生还要不断地遭遇，但我们必须设身处地地想到：那是二十八岁至三十三岁，一个艺术家精力最为充沛的时光，在这段岁月不能写出重要作品对于一个写作者而言无异于忍受着重病的煎熬。综观他这段时光的思考和经历，有理由相信：就是在这期间，纪德发现了——一件大多数同龄人普遍珍视的事物——而它恰恰对自身更大的发展将形成严酷的藩篱和阻碍，它就是——“个性”。也有理由相信：就是在这段时光，他开始告诫自己：要变；要不断地摧毁自己昨日新生的形象；对于自身更大的成长而言，对“个性”的珍视有害无益。相信这些的理由，来自于随后的《背德者》和它之后的作品，这些以及纪德所有的作品构筑成他一生的整体形象。从此，纪德踏上一条矛盾丛生、斑斓五彩的不归之路。

一个认为自己来到这个世上是带着某种“建功立业”使命的写作者，他必定会为自己找到了某种“独特”的方法而兴奋，并竭尽自己的余生将这条“独特之路”行走到底，以使“自己”在“历史”的夜空成为一颗打上某种“属性”烙印并因此闪亮的星；他会因为自己的“易于辨认”而欣慰。只有感到“宇宙之道”并不以“自己”为最重的艺术家，他才会深深质疑自己最初张狂体现的“个性”是否适合自己更好更大的成长。与“宇宙之道”相比，自己是渺小的，必要的时刻必须遗弃。在纪德的后半生，他无数次地在各种场合引用《福音书》：“凡想保全生命的，必丧失生命；凡丧失生命的，必救活生命”，反复地表达了这种认识。因此他的工作不再是沿袭最初使自己获取“成功感觉（甚至是幻觉）”的方法，而是从自己上面一件（批）作品中深掘下去，发现自己已经形成的歧路，以及也许当初并不自知的良好愿望，而使往后道路的健康持续得以自然地体现。这样的工作方式使艺术家的“轨迹”隐匿于其创作的内在，就像艺术家对自身隐秘病情的终生诊治：由于旧病会不断复发，旧病初愈新病又生，众病之间尚互相联接，因此不同的时段所备用的诊治手段也各各不同，这也直接导致一双粗糙的眼睛无法获取它们相互之间延续的“规律”。

不过，矛盾的两面并不像人们想象的那样分离，恰恰经常唇齿相依。如果说“多变”在最初只是纪德对自己朦胧的欲求，不久之后，即当多变使他诸多的“矛盾”暴露无遗之后，他才发现“多变”竟是他本能的需要。他才发现，他必须承受着多项处于两极的元素同时在他的血管里流动，他才感到丰富之后的踏实。于是，最初的诊治开始成为他终生的策略。同时，正是这个词：丰富！在二十世纪初叶，现代主义正蠢蠢欲动，“个性”、“创新”、“打破”、“推翻”的呐喊正弥漫着整个欧洲——在这样的时代，“丰富”的要求看起来是多么不合时宜！然而他无疑深谙“个性”的意义，并懂得“个性”和“丰富”并非一对死敌，因为，他原本就是极具“个性”并强调“个性”的。他追认波德莱尔，推重兰波，追随马拉美，敬重瓦拉里，认同萨特，后者无疑都是当时法国乃至整个欧洲现代主义的先驱，不可谓不强调“个性”；甚至真正懂得他的“古典”的同代及后代作家，同样懂得他的“先锋”、“个性”所在，也理所当然地把他列为现代主义的先驱之一。只是纪德从不把“现代”，或者说“创新”、“个性”视为“己任”，他总是害怕一旦当自己尖锐地体现为“一个”“个性”品质之下的属性，他就变得狭小；——也正因为此，他对歌德的研读和热爱，也就成为必然。

即便到了老年，纪德也非常清楚自己一生的成就不再可能“超过”歌德，然而这样的“甘拜下风”似乎并没有压得纪德喘不

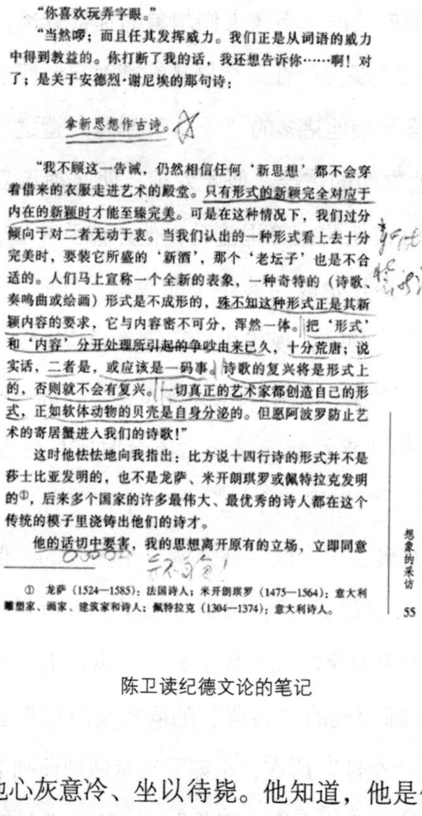

“你喜欢玩弄字眼。”

“当然啰；而且任其发挥威力。我们正是从词语的威力中得到教益的。你打断了我的话，我还想告诉你……啊！对了；是关于安德烈·谢尼埃的那句诗：

拿新思想作古诗。

“我不顾这一告诫，仍然相信任何‘新思想’都不会穿着借来的衣服走进艺术的殿堂。只有形式的新颖完全对应于内在的新颖时才能至臻完美。可是在这种情况下，我们过分倾向于对二者无动于衷。当我们认出的一种形式看上去十分完美时，要装它所盛的‘新酒’，那个‘老坛子’也是不合适的。人们马上宣称一个全新的表象，一种奇特的（诗歌、奏鸣曲或绘画）形式是不成形的，殊不知这种形式正是其新颖内容的要求，它与内容密不可分，浑然一体。把‘形式’和‘内容’分开处理所引起的争吵由来已久，十分荒唐；说实话，二者是，或应该是一码事。诗歌的复兴将是形式上的，否则就不会有复兴。一切真正的艺术家都创造自己的形式，正如软体动物的贝壳是自身分泌的。但愿阿波罗防止艺术的寄居蟹进入我们的诗歌！”

这时他怯怯地向我指出：比方说十四行诗的形式并不是莎士比亚发明的，也不是龙萨、米开朗琪罗或佩特拉克发明的[①]，后来多个国家的许多最伟大、最优秀的诗人都在这个传统的模子里浇铸出他们的诗才。

他的话切中要害，我的思想离开原有的立场，立即同意

① 龙萨（1524—1585）：法国诗人；米开朗琪罗（1475—1564）：意大利雕塑家、画家、建筑家和诗人；佩特拉克（1304—1374）：意大利诗人。

想象的采访

55

陈卫读纪德文论的笔记

过气来，使他心灰意冷、坐以待毙。他知道，他是他自己，尽管歌德的境界是那样地令他向往（“他（指歌德——引者注）来到世上似乎就是为了这个：‘作为宇宙的典范’”、“在命运、在神的同谋下，他被选中了”），但是他更懂得尽己一生的努力才是真正的幸福。每个人永远成不了他所向往、所仰慕的人，但后者无疑随时给他以营养和教诲。纪德说：“自二十岁起，我就从歌德的作品中获得营养。”纪德对“个性”最初的警惕，很难说不正与歌

德有关："在歌德身上，我没有看见那种给行为和作品打上烙印的、令人吃惊的独特性。自从歌德结束了青年时代起，他时时表现出一种愿望：要了解世界和支配世界的规律，不论是宇宙还是人类社会，而且从这些规律本身吸取最好的东西，而不是以顽固的个性与之对抗。"我不知道与歌德比起来，纪德是否在为自己某些作品已经"打上烙印、令人吃惊的独特性"而自责；尽管在我看来，他已经竭尽己力使他原本更有"独特性"的作品在外形上拢缩翅翼、棱角光滑。

同样，"一切都对他有用，也就是说他利用一切，即使是厄运最后也对他有用。他善于从得不出乐趣的地方得出教益，但是乐趣也使他受益。他的激情，甚至他的苦难，都能带来收益。……从痛苦中解脱出来，至少争取得到解脱，这是再自然不过的了。但歌德的非凡之处，值得赞美之处，在于他也从幸福中，从使他欢乐的爱情中挣脱出来。……这便是他的力量所在：满足后立刻挣脱。他利用幸福，为写诗而使用它，从幸福中抽走一切适用于艺术的东西，然后他决不滞留，而是往前走，只要他的作品需要，他便将爱情藏在心中。""满足后立刻挣脱！"这难道不是纪德在早期最重要的作品《人间的食粮》里对他自己和读者反复呼喊的命令？

二、癖　好

如果说从古典主义一步步走向现代主义（如果这些命名果真

有意义的话)，其间始终贯穿着“神—人”不变的规律，那歌德的贡献正如纪德所说：他得以证明了“人类靠自己，不靠神宠，能够得到什么”。但是且慢，请仔细地分析这句话：其中仍有对比，仍有与神的对比；人类的天平仍不在人间。反抗或刻意躲避神，仍是以神为参照；这也直接使歌德最终的形象近乎一位“半人半神”，他只不过第一次取消神的协助，完全通过人类自身的努力，但他最终的目的仍是神。而纪德正是开始全方位地落到人间，他的方式、目的的天平都在人间。这也正是纪德乃至纪德时代的所有其他人的成就都不可能抵达歌德的客观原因，所谓“时世造英雄”，因为歌德的时代尚属于“半人半神”的时代，而纪德的时代已全然落回“人”的时代。不过，仅仅从时代的因素考察这一点无疑是粗糙的；甚至用不着深入追问，就会发现围绕着纪德的，还有一条无法回避的重要信息，那就是——纪德的“同性恋”和“恋童癖”。

特殊的、“非正常的”癖好对人的广阔发展无疑是一个障碍，而纪德也一定清楚这个道理，这也许正是纪德从不像一个“现代主义艺术家”那样，一旦发现自己的这些“特殊癖好”、“非正常癖好”时，竟感到它们比自己的作品还要重要，巴不得一夜之间向全球广播，使之家喻户晓；纪德从不刻意张扬他的“特殊癖好”，同时也不回避它们（因为刻意回避也是一种张扬)，面对它们，他像一个局外人一样的正常，既不特别兴奋，也不感到不幸(原本就没什么不幸)，他只在其中悉心搜寻和汲取神奇而暧昧、因此也丰富的美。

在纪德自己的作品中，如果他没有直接书写相关的动作和事件，似乎没有任何文字本身能让我们发现纪德的“同性恋”倾向；除非他的语言中体现出的作为一个男性作家更丰富、更柔韧、更“中间”（或“暧昧”）以及更“肉感”的质感；然而后者似乎更多地显示了纪德对生命和生活超于常人的观察和感受，为他的作品更为丰富提供了更多的纤维。除此之外，他丝毫没有我们概念中的“男同性恋”作家该有的神经质、过敏、纤弱、怪僻乃至扭捏的娘娘腔——他是一位再正常不过的男人，他的文论尤其如此，——有时我甚至怀疑，“他利用一切”！他从他的“同性恋”中“抽走一切适用于艺术的东西，然后他决不滞留”，我甚至怀疑他的“同性恋”的深度，猜测他是否更多的是因为好奇、或者是因为他的“艺术的需要”，而非本能地“染”上了此“疾”，关于此，新近阅读的克洛德·马丹所著的《纪德》一书中的相关内容，使我的怀疑得到了佐证。克洛德·马丹说：“对纪德和他的快感的年轻对象来说，仅仅是相互抚摸和某种手淫的默契”；更引证纪德回忆他在阿尔及利亚“一家不三不四的旅店五楼上”亲眼目睹的一个“动作强烈的”同性恋场面时，强调说他“厌恶得叫了起来：对我而言，只有面对着面，感情彼此交流，没有粗暴动作的情况下，我才能得到快感。而且，同惠特曼一样，往往在最轻微的触摸中得到满足……”。随后克洛德·马丹又引证纪德收入 1918 年《日记》的一些散页中，说纪德“既不接受

‘鸡奸者’（“对成年男子有欲念的男人”）的名称，也不接受‘性欲倒错’（“在做爱的戏剧中充当女性角色并渴望被占有的男人”）的命名，而是以‘爱恋童稚者’自居：‘正如该词所指明的那样，是爱恋童稚的男人。’”——这是一个非常重要的角色区分！——同性恋，恋童，——当指针朝“恋童”（至少是“抵制性交的同性恋”）倾斜得更多的时候，纪德作品中的丰富、柔韧、中间、暧昧、肉感才是那样的有迹可循；虽然这样的“迹”被寻出之后，纪德仍未被限定在他生前深深恐惧的“某个观念的约束和统治之下”，因为一个丰富、复杂的人的问题永远不可能那么简单，当“同性恋”的疑团被“恋童”所消释，纪德另一个“丰富的麻烦”同时升起：他的“恋童”似乎仍非一般且正常的“恋童”；他并非爱恋所有的童稚，从各项资料来看，他似乎只恋男童。

不过，再对这些“病症”作更深的研究和分析，那似乎是一个精神科医生的工作，对于我们，纪德的这些癖好至少使他以超于常人的敏感，捕捉了充满尖叫欲望的果实、爽人的浆液、油光的皮肤、柔韧的肌肉、坚忍的沉默、压抑的渴望、细腻的粗砺、严正的道义、深沉而充满活力的反叛、毫不留情的自责、犀利的狡辩、对“伪”的痛恨、对美好的狂热、对新生的饥渴、对传统的尊崇。“他利用这一切！”——这句他对歌德的评价，不由得使我想到：一个人评价他的仰慕者的属性，绝不仅仅因为他“看”到了它们，而正是因为他也“拥有”它们，至少把“拥有它们”

视为自己长期努力的目标。

三、诊　治

尽管有许多作家在二十七八岁时（甚至更早），都以他们的某部作品奠定了他们的“文学地位”，我仍旧要说：纪德的《人间的食粮》的创作契机是多么的幸运！这幸运重点体现为直接产生这部作品的——“旅行”。

众多过去的经验反复证明：一个写作者，其青春期尾声的一次有意无意的孤独长旅，将成为他一生取之不尽的资源。而阅读和旅行，则是纪德终生的两大丰厚营养。它们诊治和充裕地奠基着“真正的纪德”，它们又使纪德不断获取摧毁自己昨日新生形象的活力。有时它们并驾齐驱，有时它们轮番上阵，它们就像两架活力不减的马达，暗暗地推动纪德成型、蜕变、突破、再成型；如此往复。

在一个极不热爱阅读的人的青春期，实际上他越需要阅读，因为他的执拗和怀疑一切的本性会使他懂得怎样处理阅读，哪怕他当时还稚嫩得严重缺乏自控能力。这种最初的压力要么来自家教，要么来自庞大深重的民族传统，而这二者纪德全都拥有。因为这不是一两本小说或东一榔头西一棒槌式的阅读，而是将“构筑真正的自我”的“系统阅读”貌似“拔苗助长”地提前，已经是一种自觉的阅读。文学、哲学、艺术、历史、地理，乃至科学，只要“系统”里有可能涉足的枝枝蔓蔓，他都会如饥似渴地将它们各个击破，并作详细的、上升为自己紧螺丝意义的阅读笔记。这样，他的青春期就不再徒有与同龄人几乎完全相同的“感觉”，哪怕他的“感觉”只不过比他的同龄人稍微“敏感”了一点；这是没有用的，“敏感一点的感觉”，仍旧不能突破“青春期”这个大的藩篱。

“貌似提前的系统性阅读”，使纪德真正属于自身的“问题”及时地显现，并获取诊治它们的良机和具体方向及方法。这是一次非常重要的诊治：青春期血脉的畅通有利于将来更长更重要的生命里，血液在血管里流得更自由。他的青春期，已然不再是简单的青春期，虽然他在青春期的幼稚、单纯、冲动，仍跟我们在青春期时的主要品质一模一样，但我们更需要发现他在青春期已经拥有完全跟我们不一样的品质：他的愤怒不是简单的尖刻；难以归纳他追求的观念（点），但他拥有思想；他热爱的自然比我们更为广阔；急躁但已拥有耐心——这一切都意味着巨大的凌厉，却是几乎所有青春期的写作者最易忽视的成分。

旅行是“系统的阅读”的必然结果，也是对在系统的阅读以及详细的阅读笔记过程中所体现的“真正的自我问题”的可能最有效的诊治手段。如果说系统的阅读对构筑自我的意义在于以浓密的阳光覆盖自身，使自身在阳光的投照下更为清晰地显现，那旅行则具备着将自我真正的涓涓溪流引导释放的功能。茫茫黑夜，凄切旷野，红尘滚滚，人仰马翻，鸟语花香，夜虫呢喃，汗水、黑暗、皮肤、汁液、植物、奔波、丘陵、岩石、果实——确实，生活并不在别处，但生活至少必须属于一双拥有陌生感觉的眼睛！陌生感觉的获得，使纪德如饥似渴，处于全然创造的混沌而清醒的状态，同时使他有足够的自信将自己的这本书定名为“人间的食粮”：“人间的食粮”，“圣经”的别称。最初两次去北非“长旅”的结果，使他拥有写一部至少称得上“伪经”的信心；最初的长旅，使他发现旅行对他的自我问题具有良好的诊治作用，此后他更不放弃这样的机会，仅北非就又去过两次，直至他在七十六岁高龄时生出“放弃旅行”的念头。

旅行，一个艺术家的旅行，使他更好地发现自我、贴近自我，忘却原先的环境困扰、牵扯他精力的一切；旅行，使他真正地站立在天和地的中间，使他能够感到自己作为天、地之间对话的惟一传达者。于是，身边的一切声息、一切色彩、一切原本熟视无睹的果实、枝叶，对他而言都将重新充满意义重大的信息，他不敢轻视它们当中的任何一件。放眼望去，遍地灵感，惟恐收获不及。

2002 年

清算与对立

在为香皮翁出版社《斯汤达全集》所作的《〈阿尔芒斯〉序言》中，纪德写道：

“……阳痿病人能够最狂热、最温柔地去爱，其狂热程度甚至超过一般恋人，因为它在本质上受到阻碍。这种爱也会很持久，因为它无处排泄，不会低落——如果说肉欲的满足能刺激爱情的话，更经常的是它使爱情感到疲惫——还因为这种爱不受制于时间。”

“他还很清楚过度的爱情可能使性欲受到抑制，至少使有助于满足性欲的生理反应受到抑制。”

并不能知道纪德在早于本序言（至少）十余年前写作《窄门》时是否清楚这一切；当然，《窄门》的悲剧诞生的正面起因似乎并不因为“性”，然而《窄门》无数次地激起读者思考这样的问题：如果此时有性的介入呢？——也许一切都将改变。或者，更准确的疑问应该是：为什么这对痴男怨女就总是想不到性接触正是拯救他们爱情的良药呢?！不过，我们当然清楚，阿莉莎怎么可能接受得了?！关键不在于阿莉莎意识不到和接受不了“性”，那么，“我”，杰罗姆呢？可悲的是：“我的精神根据她来选择道路”，“我根据她可能产生什么兴趣来决定我该寻求什么兴趣”。

然而，这可悲吗？根据我的了解，青春期经历的爱情，出于生命最初十数年所受的信仰和道德的压制熏陶，大凡都是这种剔除了性的爱，或者至少说：青春期的爱从爱走到有性的爱，是何其艰难！而深陷其中所遭遇的苦痛和畸态又是多么的不易察觉和无可申诉！我们甚至可以发现，越是单薄的生命，越容易以信仰的高度来面对爱，甚至像阿莉莎那样，把对具体对象的爱情与具有一定苦行和禁欲意味的宗教信仰模糊混淆，以面对信仰所需的清规戒律来要求正在进行着的爱情。对信仰以及“爱情中的信仰成分”的盲目追究，阉割了爱情中的性能力，使当事人成为纪德自己后来在评及《阿尔芒斯》所涉及到的“阳痿病人”：这是人类成长过程中难以避免的爱的血泪史，性的血泪史，性爱的血泪史——尽管这样的称谓多么像一场有具体对象（比如对封建制度）的控诉。

而这自然不是问题的关键。关键在于阿莉莎对其“信仰”的理解，实际上一如她对爱情的理解一样，也处于残缺的、片面的、有洁癖的、盲目崇拜的眩晕之中。她对信仰理解的盲目性由于亲眼目睹了她母亲的通奸，幼小且过于纯净的心灵将母亲的“罪恶”强加于自身；而作为这强行罪恶的反面，正是不久之后在教堂聆听牧师宣讲《马太福音》：“你们要努力进窄门。因为引到灭亡，那门是宽的，路是大的，进去的人也多；引到永生，那门是窄的，路是小的，找着的人也少。”这一章节所导致的具有迷幻效力的指引，青春期的一次罪恶感和随即而来的训导的指引，为这个异常敏感、生长于深厚宗教背景家庭的女孩的一生，打上不可抹杀的烙印。

这种对信仰的盲目理解、教条理解，对纪德而言，绝非小事，在最宏观的层面上来看，它正代表了纪德整个少年时代深重的成长背景，这背景以其母亲为具体指向（从各方面的资料可以看出，纪德少年时代是一个至少外表听话，不表露反抗的孩子），以整个欧洲深厚的信仰理解为更加宽泛的象征。正是因为这一背景，并且因其过于深重近乎令人窒息，才导致纪德以反叛和决裂作为他文学的肇始：早期的《安德烈·瓦尔特笔记》、《人间的食粮》均散发着强烈的反叛意识，后者甚至成为无数青年人手一册的圣经。也正是这一背景，导致纪德在彻底清算它凝结于自身的毒素之后，引发了对“信仰”、“宗教”以及顺理成章的“艺术”和后半生对社会政治中的“伪”的问题不遗余力的考察和追究，《梵蒂冈地窖》、《伪币制造者》和《苏联归来》都是这些考察和追究的代表作。

如果仅仅如此，纪德仍将只是“单向”的纪德，富有意味的是，这一背景导致的他的每一次反叛，都同时引发他对这反叛自身的质疑；他一再对自我的质疑仿佛揭示着这样的真理：我们所反叛的对象，其魅力仍旧不可轻视，我们在反叛它们之后，必须再回过头去拾捡一番，好捡回自己当初因为反叛固有的冲动、鲁莽和盲目而迷失的发现或偏斜的态度。有什么理由那么固执而坚定地信任自己的反叛呢——特别是当这些反叛是出于自我而非别人的原由。由此，纪德走向了深层次的“人”，而不是文艺界特别容易产生的、铺天盖地的观念机器。

反叛，和随即对反叛本身的质疑，使事情出现了非常有意思的局面：纪德的很多作品，都往往是因为作为自己（以前）某一作品的“对立面”而出现；而在同一作品中，也常常出现各元素互为对立的情况。前者致使其一生的作品在内力上或递进，或反对，一环套一环，一如顶针；后者无疑恰恰使他的文学倾向秉承了福楼拜以降的“客观、科学”、“艺术家不该在他的作品里露面，就像上帝不该在大自然里露面一样”的文学观念，甚至为后来的法国新小说继续铺设路基。这些对立，并非只是建立在所谓的“思想”层面，还体现在对技术的反思上。技术上的对立反思使纪德一生的创作由“创新”走向“传统”，又由“传统”走向“创新”，时常往复，并使他的“创新”呈现稳健、成熟、丰厚，而不是单薄的为技术而技术，也使他的“传统”时常显出“嘲讽地借用”的意味，而不是一个活在当代的老朽。而他清楚自己那被自己一手制造的纷繁表象遮蔽不掉的本质：他以《伪币制造者》最终把自己定格在“创新”的队列。

于是，因“盲目信仰、教条信仰对爱的扼杀”所生的切肤之痛而应对其有所斥责的《窄门》，竟看不出斥责，甚至贯穿始终的仍是同情和怜悯——虽然这怜悯部分地出于对自己青春期的珍视。而作为它的“对立面”——早于《窄门》而作的、本应充满忏悔的《背德者》，实际上不仅忏悔不足，而且仍旧享乐有余。清算的同时无法免除同情，忏悔的同时无法抑制享乐的美妙：矛盾正是真实和丰富的本原。

2003年12月10日

纪 德

(《梵蒂冈地窖》)

没有教皇是多么可怕，夫人。不过这算不了什么，假教皇才更可怕。

——《梵蒂冈地窖》

不久人们就发现“真理”这个概念自身的意义，还不如它吸引人们追求它的过程中所表现出的各种幼稚的单纯、偏激的狂热、伪善、为揭露伪善而慷慨体现的“真恶”（所谓“宁为真小人，不做伪君子”）来得丰富和精妙。然而过程中似乎没有一件是“真”的。你不能说幼稚的单纯是单纯，也不能说偏激的狂热是狂热，伪善无疑不是善，而“为揭露伪善而慷慨体现的‘真恶’”说到底并不是“恶”，事实比恶更恶，因为其实它也只是伪恶，在本质上与伪善同类，但在效果上却超出伪善双倍。

只要我们愿意悉心打量并理智承认，我们就会发现最具魅力的往往都是伪而不是真。只有涉及欺骗时，人才憋足精神使尽解数充分展示自己的魅力，哪怕是隐匿自己的魅力。而真理，它就在那里（更准确地说应该是“前面”或“上面”），它在等着我们，我们展不展示自己都是无益的。而真理在哪里？事实上它并非静止不动，更蹊跷的是它仿佛随我们的步伐而前移。因为它的前移，揭露伪的真之上就还有一层又一层的真，而在之下的真都必然有其伪之处；如此往复，真不可见，有的只是“辨真”途中各种各样的伪。

一定高级状态的伪，比人在世上所能见到的真还要真，因为伪更关注证据和细节或反证据、反细节，因为它的目的是必须赢；而真、真理，它只是等着人去索取罢了（尽管你永远只能接近而索取不得），此中没有供我们诉求输赢的对象，因此它往往只是销声匿迹（但并非“消失”）。同样，几乎所有能证明“真”的证据，“伪”也同样拥有。例如，一个“伪艺术家”（如果可以用“真伪”来指称艺术家的话），常常不比一个“真艺术家”来得懒惰，他随时记录自己思想、灵感的习惯也许比“真艺术家”还要保养得好。

正因为其基础都是“真”、对“真”的基本辨别、对“真”的基本索求，艺术才与宗教、政治一样，“真伪”的问题才始终成为其一大主题，并始终成为混杂其行业队伍的一大难题，也使艺术与宗教、政治类似：时常关涉以及关心信仰。

抛开散落在各个篇章中相关的闲言碎语不谈，纪德至少有两本书专门针对“真伪”或者不如更直接地说：就“伪”而写了小说。而且这两本书——我要说的是《梵蒂冈地窖》和《伪币制造者》，在他自己的以“个人经历”或“生活情绪”为主背景的创作生涯中非常突出地显出其重要性，表面上这似乎因为它们“虚构”（也就是“伪”?）得厉害，特别是《梵蒂冈地窖》，与他“正常的”题材显得遥远。

但是其实一点也不遥远，只是我们跟不上他的追问而已。由《人间的食粮》我们知道逃离约束放归自然的他是如何地欣喜若狂并且遍地灵感，由《背德者》我们又知道他为了“自我”可以做到怎样的“冷酷无情”，由《窄门》我们又知道，他最初的爱情是如何地了结于信仰的扼杀……不要太多，此三而合一的他完全有理由、有能力彻底查一查信仰到底是个什么东西。大凡如此追问的人第一遇到的就是伪善。于是对付伪善。这一对付才发现伪善真是无底洞，其“魅力”也无穷。才发现“辅佐”于“真”、“真理”、“信仰”之下的“伪”远比最初认定的“虔诚的皈依者”精妙百倍。从此抒情显得多么幼稚，嘲讽才生逢其时。乃至纪德都不把《梵蒂冈地窖》称为小说，而称为“傻剧”。《梵蒂冈地窖》与《人间的食粮》迥异的精彩，让人难以想象它们是出自一人之手。追问不仅使作者走到了他最初的反面，而且他还要反下去。

2007年12月19日

现实大于想象

——谈多利维列《红窗帘：一个真实的故事》

电影《情人》约30分钟的时候，小姑娘从学校回宿舍，恍然抬头，斜对面，那辆标志性的黑色大房车停在那里，梁家辉瘫坐车内为她痴呆，她深为感动，在车窗玻璃上留下一吻，然后狂奔返校，在奔进校门的一瞬间，原本向里开着的铁门突然向外推合关闭，差点与她相撞，给人——电影里的小姑娘和作为观众的我们——一个不大不小的震惊：要知道，因为力量相迎，如果真撞上的话，这一撞可不轻。

我想，没有这个关门的动作，《情人》绝不会跌成一部不好的电影，让-雅克·阿诺导演的品质也不会受到质疑；少了它，根本就不能让人看到缺陷。但是，有了这个动作，情况就成倍地不同了，这个镜头虽小，但说它表现出导演最与众不同的观念，也不为过。艺术在贡献出新的、和目的无关的发现的前提下，才表现其批评的力量；言外之意是，艺术只能以创造而不是批评本身，表达它对缺陷的批评。

这段情绪本身很牵动人心，传统的习惯必定视情绪本身为终端目的（也是惟一目的），以直取中道直击靶心的方式达到目的就可收工而且甚至达到完美，但是阿诺在考虑情节本身的震撼之上更大的震撼，这个开门的动作把人从逐渐漂浮的、感人的情绪突然拉回现实，感受到让人吃惊的真实，分明就发生在我们每个人身上：因为自己的一个原因狂奔，一边跑还一边想着自己的事，殊不知和你心事无关的世界随时会生硬地撞你一下。这样的触目惊心的真实增加了这段情绪的痛苦。出于对真实的追求，对现实生活中真实的可能性的追索，导演给这个镜头宝贵的三秒，以强硬地体现他“艺术的观察态度”：这里没有目的统摄下的一劳永逸的套路和程序，只有真实要求的一次次的陌生。

所有最大的精彩和惊悚，现实无不包括，而并不必须依赖想象才能抵达。现代主义给人造成错觉之一就是容易使人夸大想象力在艺术中的作用，以及，误解想象力在艺术中的功能。这些，在我十八岁读这篇《红窗帘》时并不能知道，我只能本能地喜欢，尤其是因为它的后半部分而彻底地喜欢它，并且十数年来始终留有深刻印象。当时包括以后的很多年我都不知道原因，也不可能知道这原因本身是重要的。它的重要性就在于，在接近完全传统甚至老套的外衣结构里，叙述者对故事结尾的交代不符合传统要求的“有理有据、有因有果”，深受传统小说影响的读者不会满意《红窗帘》以女主角不明所以的猝死而突然终止，然而事实上，正是因为她不明所以的猝死，才使这小说脱离了混沌的、接近腐朽的传统小说模式，具有一种现代性的震撼。我们可以看出，对小说做些创新努力并非作者本意，我不能不确信写作这故事，并且把这故事写得如此精彩的一切动机，都确实因为它那腐朽得令人生厌的副题："一个真实的故事"。是的，这个作者写这个故事，这个故事最终具有那么大的魅力，这一切都缘于——没有别的可能——这是一件真实到了非如此不可的真事。惟有"这是件非如此不可的真事"，才会使任何一个作者有胆量不需要、或压根顾不上任何虚构来弥补这个故事的结尾或所谓后续。惟有现实本身的惊异，才大过任何虚构所能抵达的惊异。

2007年8月

题　目

关于小说的题目我比较偏执，我不认为“什么烂题目也影响不了一个好小说”。

题目是小说的一部分，题目并不脱离于小说之外。

甚至题目同样是一个不小于小说正文的文本。

轻视小说题目的人，他也会轻视小说。

不能准确取出好题目的人，他也不能准确把握小说。

一个好小说，它的题目必然与它的正文最为贴切，与正文之间的关系也最为奇特，对整个小说所起的作用也最为精妙。

有时，一个好小说的题目也许显得过于普通，但如果它真是好小说，你就会发现没有人再能为它取出另一个更好的题目，也就是说，这个显得普通的题目也正是这个小说惟一的、不可替代的题目。比如《献给爱斯美的故事——怀着爱与凄楚》，或者《老人与海》。

看一个人取怎样的题目，怎样取题目，大体就能知道他对小说的态度以及思考小说的角度。塞林格怎么也不会取出“生活在别处”、“生命中不能承受之轻”这样的题目。“麦田里的守望者”、“香蕉鱼的好日子”，可以粗浅地证明他对艺术“感性而精致”的苛求。

就像一个优秀的小说家，他的小说仍旧可以分为——哪怕是相对于他本人的——最好的和一般的，他的小说题目同样有此分别。必然有一些题目最能代表他对小说艺术的追求。“泰迪”、“笑面人”、“德·杜米埃－史密斯的蓝色时期”、“弗兰妮与祖伊”肯定属于塞林格一般的题目。这种一般的题目无法显出差异性，你会感到任何一个作者都可以用它们写一篇小说。相反，“香蕉鱼的好日子”、“和爱斯基摩人作战之前”、“康涅狄格州的维格利大叔”，甚至包括“麦田里的守望者”，这些题目则强烈地打上了塞林格的烙印。当我们读完这些题目下的小说正文，了解了题目的来由，就会充分地相信：这样的题目，没有例外地只可能为塞林格所独创。它们与塞林格对整个小说艺术的追求一脉相承：天才的敏感、冷酷的童趣、智慧的谐音、放大不经意的细节。

那种一看就让人对小说正文没有兴趣的题目无疑是最糟糕的，于是绝大部分具备艺术思维的作者都会培养自己把题目取得与正文产生距离。没有距离，味同嚼蜡。但是，把题目取得与正文毫无联系或联系过于晦涩并且缺乏意味，不啻搜肠刮肚刻意求新，最终导致文不对题身首异处，这和题目过于直白一样没有意义。每个人的题目与正文之间的联系到底是怎样的角度、怎样的思维，将直接映照出他的写作方法、艺术胸怀以及艺术功力。简言之，一个人的小说有没有意思，直接可以先看看他的题目取得有没有意思。或者也可以反过来说，取题的艺术，正是你写作的艺术；你的小说写得有多好，你的题目才可能真正好得有意思。

比如“木匠们，把房梁抬高些”，我特别喜欢这个题目不免与我喜欢它的源头——萨福的诗歌有关；但确实还有更为重要的、关系到“取题艺术”的原因。《木匠们，把房梁抬高些》这篇小说是写“我”去参加大哥西摩的婚礼，并在途中的所见所闻和所想：主要是回想几个兄弟姐妹的往事。简言之，其核心词是“婚礼”。初看小说的主体，没有与“木匠”、“房梁”相关的内容，这个题目到底是什么意思呢？与小说正文的关系又是怎样的呢？在小说中，塞林格（出于真实的需求）非常隐秘地透露“我”的几个兄弟姐妹喜欢用浴室里的镜子给其他兄弟姐妹留言，而这句“木匠们，把房梁抬高些”正是写在镜子上的留言之一。但是，仅仅了解这些，似乎只能证明这只是截取文中一个句子作为题目的一贯取题伎俩。这是远远不够的。小说中镜子上这句留言之后的落款，一个组合过的名字“欧文·萨福”提示我们继续刨根究底，去了解这位古希腊女诗人“萨福”。“木匠们，把房梁抬高些”，出自她《许墨奈俄斯赞歌》① 的第一句：

---

① 选自罗洛翻译的《萨福抒情诗集》（1989，百花文艺出版社）。许墨奈俄斯是婚姻之神，许墨奈俄斯赞歌就是祝婚歌。

第一个声音：

把椽子举起来！

举得更高一些！

一位比阿瑞斯①

更高的新郎来了！

第二个声音：

许们②

许墨奈俄斯！

第一个声音：

他高出于

众男子之上

就像累斯博斯③的诗人们

高出于众诗人之上

第二个声音：

唱起赞歌来吧

---

① 阿瑞斯就是战神，高大英勇。

② 许门也就是许墨奈俄斯，婚礼赞歌也叫许门。

③ 累斯博斯，是希腊的岛屿，萨福出生并住在该岛。

而塞林格在此处轻捷地引用一句萨福的诗，实际上关系到萨福整个人以及她所有诗歌的浩瀚背景。因为只有了解这一点，才能知道这首诗在多大程度上洋溢着萨福诗歌的优美和激昂——而她另外更多的诗歌又是那么的哀婉和悲切，统一它们的则是同样率直自然的情感，和同样单纯明澈的音调。

在这位一个洲域、一种文体的创始人的浩瀚背景之上，我们得知“木匠们，把房梁抬高些”这颗珍珠出自一首“祝婚歌”——这根曲折柔韧的丝缕终于联系上了这篇小说，也终于使我们获得了塞林格选取这个题目的思路历程，同时明确地抛出了他所侧重的艺术倾向。时空的距离撞宽了这篇小说的空间。激昂的音调却暗含着这篇小说乃至塞林格整个小说“悲藏喜中、悲喜交集”的审美趣味。极为纤弱的联系却拉紧了小说所有的琐碎细节，使它们不再只是一篇小说里的字，而全部被高空一朵巨大的蘑菇云所笼罩。

2009 年 1 月 19 日

影　响

塞林格小说里经常写到的天才儿童很容易让读者产生自我认同并随之生出一种隐秘的优越感。大凡各种小说塑造它们自己的读者是很正常的事，但使它的读者生出这种优越感，差不多也是塞林格独家拥有的魅力之一。儿童们以“塞林格”或者他小说里的一些人名、谐音、俏皮话、谜语作为彼此确认对方天才的暗语和通行证，并不由自主地成为传播塞林格的核心力量。

这有时不免让人想起各个不同的作者对他们各自不同的读者的影响，以及随之产生出的效应。你会相信正是由于这样的影响，湮灭了众多本来可能诞生的批评的欲望，例如你完全能够想象出某批固定读者对某位“残酷青春作家”的拥护，这样的影响必定使你想说些什么的欲望提前灭绝。你也会相信正是由于这样的影响，一些不久之后必将被媒介称为“时代特征”的“现象”也在所难免。那么，那些所谓真正有意义的影响在哪里呢？作为作者是否还需要考虑乃至面对这一问题呢？而所有的作者都拥有一面同样怀揣隐秘优越感的挡箭牌：“作品一旦完成，它就与我无关了。”那么几乎可以说：作者不排斥他作品带来的任何影响，甚而在当代的中国，再坏的影响其骨子里都是渴盼和欢迎的。那么也就几乎不能不说：任何对读者的影响，都仍有作者的合谋。这话无意怪罪作者，只是我觉得把它挑明了说一说，有其重要意义。那些意料之外，在某种意义上给读者带来不好的，却可能继续给作者带来“成功感”的影响，应该得到足够的警醒。而写作的里外各种条件，都使从业者（特别是在作品之外的自我阐释时）太容易聪明了，聪明得让人觉得作者写作的主要目的，似乎就是为了在创作完成之后获得那份欲盖弥彰的满足乃至荣耀。那么创作过程中的本真的状态对一个作者属于怎样的重要？是否就次要得让作者那么健忘，那么愿意抛弃并且那么容易在创作之外无法统一延续呢？

2009 年 2 月 14 日

风 格

一种让人竞相模仿，并且在模仿时还感到自己是在独创，而同时别人却能在这些模仿里看到其源头的风格，最终将因为这些模仿而损耗这种风格的魅力，甚至这些模仿将成为质疑这种风格的主要起源。

正过来说，最有魅力的风格，不可能激起别的作者以这种风格的主要特征进行大规模模仿；别人从这种风格里吸取的是营养，这些受惠越不易察觉越足以证明这种风格的宽广、深厚和隽永。

于是我们看到，有的风格始终吸引的是它的同类，受惠者以一目了然的模仿为标志，就像药品针对着相关的病人；而有的风格除了吸引它的同类之外还能吸引它的异类，与它的一些特征相反的悖逆者也不会对它反感，甚至也隐秘地从中吸取营养。

这种能够吸引异类的风格，往往不具备它所处时代的最大个性。个性实际上正是病症本身，它反常、夺目而容易传染。在个性张扬的时代，要做到没有个性，则需要强大的免疫力。而要做到没有个性之后的个性，所需的正是形成风格的整个过程。

正如塞林格的小说没有刻意藏匿的视角，没有结构复杂、拗口难懂的长句，没有幻象、隐喻或者象征，没有意识流，没有沉迷已久的腔调，没有泛滥的个人主义，没有过于时髦、颓废、亢奋，足以改变一代新人的新词汇和生活方式，不刻意聚集“小人物”，不“朴素”，不荒诞，不异化，但是想必罗伯－格利耶或者卡夫卡也不会反感塞林格的小说。

在整个现代主义泛滥的二十世纪，无论从小说文体，还是技法革新，或者世界观、价值观来看，塞林格似乎都只能划入“传统”或“古典”作家，但是当我们用“传统”或“古典”指称他的时候，似乎舌头会打个结。他既不“现代”，也不“古典”，他只是塞林格。

剔除身处时代先声夺人、刺人耳目的特征之后，依然形成引人入胜的风格，也许这就需要“中正”。在最高最大的点和面上，“中正”和光同尘形同素人，而事先的剔除和抑制获得迂回以及风格所需的细节的充实，后者考验出在品质上而非外形上钻石般的个性。

2009 年 3 月 19 日

形象就是本质

——就郭敬明、韩寒接受《大众软件》采访

记者：你对所谓的“网络文学”界的显性事件和人物怎么看？你认为他们是“文学”么？如果不是，为什么又归到这个范畴下？

陈卫：我心里其实根本没有“网络文学”这一说，要么就是文学，要么就不是文学，网络只是一个平台，在这个平台上展示的可能是文学，也可能不是文学。我们这个群体，只是借助网络这个平台展示文学而已，但我们不会称我们展示的是“网络文学”。从几年来的事实来看，在“文学”前加一个“网络”不仅不意味着产生了一种“新的文学”，实际上只是侧重了网络的娱乐性和随意性，而使“网络文学”实际上离文学远得很，甚至文学的成分很少。所以，对所谓“网络文学”界的“显性事件和人物”，我几乎没兴趣，也根本不关心。

记者：郭敬明和韩寒你了解么？你认为区别在哪里？我的意思是，虽然专业人士不认为他们的作品属于文学范畴，但是或许普通人仍然认为他们代表着文学的未来。你认为一个投身文学事业的人，是否有必要去向民众澄清这种东西？

陈卫：应该谈不上了解。我觉得首先目前是一个“伪明星、伪偶像时代”，一切都是基于伪偶像崇拜的炒作，其背后都是出于一个阶段内短视的泡沫经济的需要。有人要发更大的财，于是就会挖掘当下尚未被开掘的空档，而所谓的“文艺”正是这空档中很大的一块。这些游戏规则只有少数炒作和被炒作的人在控制，民众并不了解，所以实际上没有任何人对所谓的民众负责。其中郭敬明的抄袭、韩寒的骂人等等，出于炒作技术的层面，只是大游戏规则内的一些小儿科而已，或者只是伪偶像炒作的溢出品和衍生物。至于文学，则更无必要向所谓的民众澄清，文学只且只能以作品本身说明也包括澄清一切。

记者：请问，你怎么定义“文学”？文字的美感达到怎样的程度才算文学？

陈卫：这些问题确实是挺烦的，得写几千字才能说清楚，问题是最后还不一定奏效。并且我每说一句，都会得到反驳。比如我说他们其实骨子里不爱文学，保证一大片反驳声；我说他们根本没什么思想，又是一大片反驳声；我说他们根本没有针对写作本身做过任何深刻的、有建设意义的思考和实践，又是一大片反驳声。

记者：呵呵，你还是等于说出了对他们的看法。你读过郭敬明等人的作品么？

陈卫：没有啊，到现在一个字都没读过，但应该有综合印象。他们做过什么？他们所做的和娱乐有什么区别？而他们甚至比娱乐还讨好，因为他们看起来比娱乐显得“深刻”。

记者：我很好奇，你为什么不像关注80后作家小饭那样关注韩寒，因为没遇到机会？

陈卫：我去关注韩寒应该是件更值得惊奇的事。虽然我实际上也并没有非常多地去关注小饭，但我应该还是知道小饭和韩寒至少还有质的不同。小饭至少还是在写作内部的，至少处于这个愿望之中的。

记者：比如王朔这个作家，他也一度是媒体界的宠儿。

陈卫：并不是所有的宠儿都不好，都有问题。郭敬明、韩寒他们怎么能够和王朔相提并论。

记者：你没读郭敬明，为什么知道他不在内部？因为你了解他的发迹史？还是别的原因？

陈卫：形象就是本质。

记者：能简单解释么？

陈卫：就是从外表的一些信息，实际上就能鞭辟入里地知道他的本质。所以，并不是要去了解一个人、一个事物的一切，才能被认为了解了他一定程度上的本质。关键在于谁的眼睛在看。

有时看看他的造型，看看他所谓写作之外的其他兴趣、以及表达这些兴趣的方式，就了解一切了。

记者：你认为书商和网络在当代文学中起什么作用?

陈卫：更快更密集地暴露当代文学的问题。但凡众多蛆虫涌向一个病体并且无声地、满怀窃喜地获利时，彻底解决这个病体的时日也近了。所以，应该鼓励更多的书商的涌动。

记者：社会对青少年的文学观是否应有引导的责任?

陈卫：其实也根本不存在“社会对青少年的文学观的引导”这个问题，因为这在目前根本就是不可指望的。

记者：可是，最起码应该让孩子们知道自己民族的语言文字的层次。孩子们可以对郭敬明着迷，但他们也同样该知道：哦，郭敬明只是在写一些故事，并且抄袭是错误的。

陈卫：对那些腐烂的FANS来说，不引导他们也就那样，引导了可能只是增添一个陪伴他们的青春岁月的主题而已。对那些注定要属于真正的文学的人来说，引导和不引导同样不起作用。他们在另一个管道里根本无视浮于社会表面的信息，在属于他们自己那条暗流里，自动地接受也许时空都很遥远的“引导”。至于孩子们，你的想法是局限于此时此地的杞人忧天了——对历史来说，这几十亿个孩子算什么？对文学来说，几代人的消失也根本不起作用。我们只是被抽离了大量空隙的所谓的历史线索欺骗，以为自己无比重要罢了。

记者：我感觉在网络时代来临之后，人的精神发展好像并没有和物质的发展成正比。

陈卫：在某种意义上，我觉得也是很成正比的。因为，难道我们的物质发展真有那么快或者说那么健康吗？应该说，还不够快。我们还需要更多的物质。现在就正是处于“还需要更多物质”的阶段，必须把感到奇怪的事情放进这个系统，就会觉得其实不怪。

2006 年 7 月

很多过往的好方法并不适合你

——答凌丁问

凌丁：你的小说题目与内容之间经常性地有什么样的关联？比如《你是野兽》、《喜马拉雅山上的温暖》、《爸爸像西瓜一样》、《那时我们这样杀死老师》等，其中并没有提到关于野兽或者喜马拉雅山或者爸爸或者杀死老师等这样的内容，这些看似与内容没有任何关系的题目其内在的意义是什么？

陈卫：题目与内容之间的关联并不是一成不变的，但总体的目的都是为了扩大，而不是总结小说的容量。在某种意义上，因为题目与正文的关联，将使题目形成另一个小说正文，后者将对小说原本的正文部分产生冲击，扩大小说给予读者的想象空间。

具体到每一篇的意义都会有些不同。不过我的习惯是先有题目再写小说。同样，我不赞成轻视小说题目的做法。有时题目出现时就已经知道写什么，有时只有题目，然后我会为这个题目思考小说内容，《你以为你能走多远？》就属于后面这种情况。

我在一篇关于“题目”的文章里提到：“那种一看就让人对小说正文没有兴趣的题目无疑是最糟糕的。于是绝大部分具备艺术思维的作者会培养自己把题目取得与正文产生距离。没有距离，味同嚼蜡；但是，把题目取得与正文毫无联系或联系过于晦涩并且缺乏意味，不啻搜肠刮肚刻意求新，最终导致文不对题身首异处，这和题目过于直白一样没有意义。每个人的题目与正文之间的联系到底是怎样的角度、怎样的思维，将直接映照出他的写作方法、艺术胸怀以及艺术功力。简言之，一个人的小说有没有意思，直接可以先看看他的题目取得有没有意思；或者也可以反过来说，取题的艺术，正是你写作的艺术；你的小说写得有多好，你的题目才可能真正好得有意思。”

当然，这些看法其实也差不多就是常识。

“你是野兽”的题目与“题记”中小说未正面出现的人物“林卡”的“这有什么奇怪的，你本来就是野兽”联系起来，可以使读者想象小说里没有写到的“他”和“林卡”的生活场面。这就使题目形成了另一个文本。

“喜马拉雅山上的温暖”，这个题目来自于有一次我在酒吧里与一些朋友小聚，但聚会随着夜深和个别朋友酒醉而逐渐有些无聊，我渐渐离开我们的桌子，靠在吧台上看电视机里播放的MTV，MTV正在播一首我以前从没听过的，很古典、很豪迈的歌，我听完让服务生重新播放了一遍，才知道是改编过的《欢乐颂》。这从未感受过的豪迈使当时气氛下的我很受震动，虽然那个MTV的影像实在地说也很庸俗，但明亮的色彩、秀丽的山川，使我瞬间有了这个题目。喜马拉雅山上的温暖。后来几个月我一直在思考怎么把这个题目写成小说，并最终断断续续地完成了它。虽然小说里确实没有写到“喜马拉雅山”，但通篇我试图以各个角度表达“最高峰上的温暖”这一主题。不过这篇小说的气息，我今天不再那么喜欢，应该也不会再去尝试；笼统地说，还是过多地洋溢着某种不良的青春之气。

“爸爸像西瓜一样”，文中并非完全没有出现，就是那孩子指着他爸爸只有半颗脑袋的照片说的话。

“那时我们这样杀死老师”，也是先有题目。题目的起源也有点复杂，大概情况是一个女孩子在我之前和她老师的一段情感纠葛，尔后和我的一段情感纠葛，这两段感情都没有好的结果，跟我分开之后也发生了一些不好的事情，包括一些报复行为。我事后思考这段怨恨事实上已经叠加了她对最初那位老师的恨，于是有了这个题目；几乎与此同时，我想起小时候、读初中时的一段何其相似的经历，就是后来这个小说里写的事件，也是一股虚幻的英雄主义带来某种意义上的灭顶之灾，我觉得这很符合我对小说所盼望的张力，就用这个事件为基本材料写了这个题目下的小说。“杀死老师”属于实指，如果写出来，再大的暴力或恐怖也都小了，以前面所有细节的铺陈最终失却最重要的核心，是这个小说在技术上的心思，其实也不算高超。

我觉得短篇小说的最高境界至今并没有走出海明威提炼出的

“冰山理论”。我们还都是在“写了什么”和“没写什么”上体现各自的智慧和追求。那些反对“冰山理论”的作者或许也在另一个角度或层面重新堕入“冰山理论”的窠臼。但这并不意味着从“冰山理论”出发，我们不可以走出一条属于自己的道路。

凌丁：你的小说创作的预设接受者是什么样的人？这些预设读者并非符合主流意识形态或商业文学的大众，你是怎样定位他们的？或者从未虑及他们？

陈卫：丝毫没有考虑过“读者”，是不可能的；但是，肯定考虑得相当少，特别是后来，基本上不考虑了。对文学广义的意义和效用我并不乐观，但在微观或狭义上，我却不容置疑地有信心。我的信心在于，当我全身心地投入、制作出一篇小说，我所有劳作的气息和力量已经感染、促生出该有的，哪怕是潜在的读者。

在写的时候确实不会考虑，也不需要读者。写作时作者与自我心灵的对话，就是与最好的读者的对话。写作要求越高，这种对话的质量也越高，这种质量是任何其他外在的读者所不能达到的。但是，写完之后，一个高质量的读者所带来的欣喜就是写作这份工作最好最大的收获。相比之下，出版、发表在今天则仿佛对着空气吹嘘写作的荣耀，未必能带来对写作真正有益的动力。

每个作者的作品已经预设了他的读者。我的读者应该是懂艺术，喜欢陌生，厌恶迂腐，追求真实，抵制虚假，喜欢精妙的刺激，喜欢生产过程，喜欢未知结局，懂道德（是个什么东西），懂生活的非愤青。

凌丁：你的小说中写到很多比如火车、铁轨、异乡等出走的意象，这种出走是指向着一种放逐还是指向着一种回归？

陈卫：这些火车、铁轨、异乡等意象大多还是出现在早期（1996 年之前）的作品中。并且最重要的是，尽管那是早期，我也尽量控制象征的出现，盼望火车就是火车、铁轨就是铁轨，而不有意指向放逐或回归。事实是，1993 至 1995 那几年，我确实经常坐火车，并且 1995 年我就住在铁路旁边，楼前一百米就是一个铁路运输站，那里经常出没着各种各样的火车，对一个青春期的人来说，并不需要用心关注，也会自然地感受火车、铁轨的魅力。但是，尽管不有意指向或象征，但不能不说，放逐、回归是那个年代以及那个年龄的更大命运笼罩之下无法避免的呈现，就像"沉郁"是三十年代整体文风的写照，这种命运的笼罩必须到后来自身足够强大、全然投入在自己的艺术之后才消失得无影无踪。

凌丁：你的短篇小说中是否有一个隐含的共同的主旨？就像乔伊斯的《都柏林人》一样？如果有，你觉得是什么？

陈卫：在最初的几年，有，或者说以为有，但后来就不再刻意遵循这个"共同的主旨"了。像《都柏林人》这种多篇小说隐含一个共同主旨，以及像海明威"尼克故事集"那样以一个人物的成长贯穿多篇小说的方法，在最初会觉得是很好的方法，但每个作者会因为自己愈发深入的写作而愈发认识自己，很多在最初认为的好方法并不一定适合自己。或者前面这两句话倒过来，也可以作为一个作者自我评估的手段：能够使自己愈发认识真实的自我的写作，以及逐渐发现很多过往的好方法并不适合你，往往是证明自己的写作状态具有意义，具有力量的标志。

总的来说，我的小说还是分为两大类，一是对现实的发掘，一是对小说形式的拓宽。

凌丁：你的短篇小说中有许多对一个片段的描写，语言非常干净，很少修饰，你试图用这样准确的语言去精确地再现这个片段或再现一种感觉，比如《中间》里的场景画面的精确描写和《碧波荡漾》中骑摩托车的感觉描写和炒菜时的声音与动作描写等等。像这样的小说描写是否只是为了描写本身而存在？还是另有他意？

陈卫：这些描写的动机很单纯，就是为了抵达真实，文字的数量、重量、质量、声音及其总和与所描写的现实的合拍。在这一点上，我还是很传统地继承海明威的“教导”：“写出一句真实的句子，把你所知道的最真实的句子写下来。”没有其他想法，或者说，当这种真实的合拍生成时，它们该有的其他功效也都会出现。

凌丁：你的小说中那些“不可言说之物”（但努力去言说），除了那些不能说、不愿说、不易说的，是否还含有没有意义去言说的东西？

陈卫：我并不能分清“不可言说之物”的种类，但我确实明白“不可言说之物”的意义。一个优秀的艺术家，必然为这世界创造新的“命名”，也必然为这个世界“重新命名”。在这个意义上，作者必须敢于寻求和面对“不可言说之物”的言说。在这里分清种类并不重要，重要的是达到“不可言说”。作者应该敏感“不可言说之物”的降临，一旦如此，他会知道“创造”的激动随之降临，相反，如果他始终面对“可言说之物”或“已被言说之物”，写作也就变得索然寡味。

凌丁：你的学习美术的背景是否影响到小说创作，是否有将美术创作的手法移入到小说创作中，去细致地用文字来从视觉光线和空间等方面去“绘制”一个场景，甚至用同样的手法去“绘制”一种感觉？如果有，在创作的时候是否故意有此想法？还只是一种偶然而为？那么这种把文字当做“画笔”来绘画的方式方法是否也可以认为是一种对不能言说之物（那些只能用绘画方式表达的东西）的努力言说呢？（这涉及到不同介质的艺术间的相互关系）

陈卫：学习美术是我固有的、不可摆脱的背景，但我从事的是写作。我不刻意强调，也并不十分清楚自己是否使用另外的艺术手段来从事写作。但是，毫无疑问，一个人的作品离不开这个作者所有的知识学习、营养吸收。一个作者需要把他所获得的各种营养在他的作品中和光同尘地呈现出来，但是任何“刻意地使用”都将成为一种炫耀。更为重要的是，无论是美术，还是写作，或者是电影，我一直凭全力去撷取并追求其一致存在其中的“艺术”或所谓的“艺术性”。是“艺术”而不是“美术”或“电影”打动我，除非当我思考某件具体的作品或其中的细节时，才需要思考它特殊的媒介手段。也就是说，写作，只有使写作达到艺术时，写作才具有最高的辉煌。在这个意义上，写作和其他艺术介质具有一致的、通感的精妙；理解艺术的写作，也就理解了艺术的视觉或艺术的电影，相互之间互为影响互为反哺，甚至随时采用其他可能的媒介技术制作自己的本行，也是自然而正常的。

对　话①

李牧/陈卫

时间：2010年9月

李牧：我昨天去看了上海的一个展览，《有效期》。

陈卫：这个以前好像有人做过。

李牧：对，杨福东、杨振中和徐震在十年之后的今天又做了这样一个展览。我和卢森堡美术馆的馆长谈到这个展览，他说：我看了这个展览之后，这些作品一点都没引起我的兴趣，因为这样的展览是标准的当代艺术，做这样的艺术可能可以参加卡塞尔文献展，但是这样的艺术是没有意思的艺术。从这里我们谈到艺术系统，我说，当代艺术应该是一个不断接纳新东西的艺术。他说不是这样的，他说系统是被人操纵的。如果你的东西不在他的系统之内，在它的系统之外，那你基本上是不被承认的。

---

① 艺术家李牧2010年的艺术作品《我的问题》曾邀请多位朋友与他探讨他事先列出的他存有较大困惑的几个问题。这篇对话即根据陈卫受邀与他的对话录音整理。

陈卫：被排除在外。

李牧：对，不被这个系统所接纳。你可能是一个非常优秀的艺术家，但你可能参加不了卡塞尔文献展。他问我，你是要做一个非常优秀的艺术家呢？还是要做一个能参加卡塞尔文献展的艺术家？参加卡塞尔文献展本身也不是一件坏事，但作为一个目标会给你带来一些负面的东西，过于专注这个目标，你会忽略沿途的一些风景，因为你的目标太清晰了，你太考虑你的目标了，你所经过的事物的可能性就会被你忽略掉。参不参加卡塞尔文献展不重要，也许这条路经过卡塞尔，也许不经过，这都不重要。前几天四川的王俊来上海，他说他不会把这些问题拿出来，因为他不敢。其实我在展示这些问题的时候，第一点我有自信，我觉得拿出来之后不会对我造成伤害。第二点，我希望通过作品来改变我自己，在骨子里面我是个不太自信的人，甚至有点害羞。

陈卫：嗯，自我怀疑。

李牧：有时候还有点自卑，但是呢，通过这样的作品的方式，你看到的是一个非常自信非常坚强的人，其实我只是想通过作品来改变自己的性格。其实我所有的作品都从我的角度出发，真的做的都是我自己，不是做给别人看的。

陈卫：嗯，是。

李牧：这次找你做访谈是因为你和我的年龄相仿，我所遇到的问题，你也有。

陈卫：基本上都有，呵呵。

李牧：因为我选择了辞掉大学教职做职业艺术家这条路，我没有和父母商量。半年后就瞒不住他们了，我母亲很痛苦，因为她知道我在上海过着漂泊的生活，没有收入，做艺术家。我父亲更是一个强势的人，小时候我做恶梦经常梦见他。父亲在我心里像个阴影一样，不管我做得对或错，我都得看父亲脸色——如果他不高兴，那就是错的，如果他高兴，那可能是对的。每次母亲打电话来，就说她睡不着觉，她的脸肿得很厉害，因为担心我。最初我安慰他们，跟他们讲我出去做艺术家刚开始比较艰苦，如果坚持几年做得好的话也能挣钱的。可是从 2007 年到现在快四年了，我都没有挣到钱。他们说，所有人大学毕业了都在帮家里，而你只是为了你自己的梦想，其实你非常自私。所以这种时候我内心就非常纠结。但是我上这条路了，又怎么能回头呢？

陈卫：他们老两口现在需要你养吗？如果你不给钱，他们生活应该没有问题吧？

李牧：生活是没问题。

陈卫：其实他们也不是要你的钱，他们需要你的一种安全感。事实上，我跟父母关系的情况比你好多了，这个最起码在十年之前就解决了。

李牧：十年之前？

陈卫：首先是我比较强势，但这个强势不是反抗。其实我的物质情况比你还要惨，应该说到现在都仍旧不好，我19岁辞职就没有工作了，就做过一年小学老师。一开始他们也不理解，但是我心里面比较强大，我当时跟我父母说，我会一年比一年好。最初还要向他们要钱，后来，1997年他们生意做得也差不多快破产了，生意做得很差。所以从2000年以后就反过来是我在养他们了，一直到现在，我每个月都要养他们。我也稀里糊涂的不知道这么多年就这么过来了，呵呵，有点稀里糊涂。我在生活方面可能比较积极，在心里从来没有怀疑。关于自私的问题，虽然父母跟我是最亲的血缘关系，但是毕竟我也不是他们，他们也不是我。我已经不是他了，我已经不能做他想要我去做的事情，这个我父母也比较看明白，从没有规定我要去做什么。在1992年我辞职之后到1997年这五六年，我父母有段时间也觉得抬不起头。因为当时他们开饭馆，跟社会关系也比较密切，人家都知道他们的儿子以前读书也很好，怎么后来一直感觉都挺落魄的？因为没钱嘛，挺不起来啊，哈哈。这些人眼睛很尖的，一看就看出来。老是问我，在哪里啊，在干吗啊，一开始我父母都比较尴尬。老是说写作的，哦，写作的就是外面当记者啊？

一开始有点带骗带哄的，说做记者什么东西，后来直到有一年夏天回去，听到饭店的房东又问了这个问题，我妈说他在写作，人家说，哦，那在哪个报社还是杂志社？我妈说，不，他在写小说。嗯？写小说？写小说也很赚钱啊。这时我妈妈说，他的小说不是为了赚钱的。那时候我就觉得特别自豪。她终于在我的影响下可以这样说了。尤其到1998、1999年的时候，我妈妈看我做得那么认真，因为她亲眼所见，我几乎是日日夜夜在做这件事情，除了吃饭睡觉就是这个事情，她哪怕再不懂她也觉得，你这么认真地在做一件事情，它怎么会是一件没有意义的事情呢？她反过来也想，他不偷不抢，这件事情只不过没有赚钱，做这样一件事情可能也会得到其他人的一些帮助，她就会知道你做的不是一件不好的事情。现在肯定更加以我为荣了。

李牧：那他们也了解你的作品？

陈卫：具体作品不可能都了解，但她非常了解我大体在写怎样的作品，我的小说我妈还会经常拿去看，估计不一定都看得懂吧，也很少探讨。我也有教她画些国画，写些书法。

李牧：前年你妈妈突然生病了？

陈卫：对，2008年11月手术。

李牧：当时你打电话给很多朋友，希望能得到帮助？

陈卫：对，当时一分钱都没有，十几万全是借的。一部分是借，一部分是朋友帮助。我也竭尽可能地做到受之无愧，但是也做不到百分之百，肯定有让朋友不高兴的，或是各种各样的事情，但是有些钱我肯定都是还的。有些钱必须还，我想尽一切办法来还。

李牧：就在那个时候你也不会对自己怀疑？因为那时候你拿

不出钱来。

陈卫：我想过挣钱，这个想法我随时都有，但是我从来没有想过我会不写作。这是没有任何变动的可能的。从来没有这个想法，二十几年从来没有。而且我对这些东西很敏感，一旦我感觉某个东西对我创作上面有影响，这些东西包括职业，就是上班，包括友情、爱情、女人。如果某个东西对我写作上会有影响，我不会去碰它。包括支持，如果某种支持对我写作是一种伤害，我不会去接受，我情愿去挨饿，呵呵。父母有一种天性，他要的首先是一种安全感，他要你活得好，这个好是多方面的。当然这个社会，他觉得活得好首先是要钱，钱是第一位的，没有钱你肯定活得不好。但是反过来说你就是有了钱，如果他不知道你做什么，而且老是感觉你神色匆匆，觉得你不在乎他们，或者你家庭也不幸福，他们仍旧不放心。所以我觉得首先是精神方面，精神上首先要给他们带来安全，让他们觉得你在做一件对你个人的生命是非常有价值的事情，我认为不管他的文化程度有多高，作为他的儿子，你必须尽可能地去多跟他们沟通。

李牧：我也尝试过跟父母沟通，但是可能我所从事的艺术，特别是这种形式的艺术更难跟父母沟通，它还不是一个画画，写小说，一个容易让他们接受的东西。你告诉他们你所做的事情之后，他们更能感觉到你离幸福更遥遥无期。面对一个从来没有吃过榴莲的人，你给他讲榴莲的好吃，他都没见过榴莲，他永远无法理解。

陈卫：到了将来，你有可能会好起来，那么这个问题便会烟消云散。

李牧：你有没有考虑过你的小说和经济的关系。我做艺术还是可以和画廊签约卖些作品，但是写小说，似乎没有市场。

陈卫：我不考虑。小说和经济没关系。

李牧：但是你觉得你的小说有可能会畅销吗？

陈卫：我觉得几乎是零。在我们将来肯定有两个大问题，要去怎么样生存？我们生存的目的是什么？就是我们做我们的作品，对吧？那么你如果不能生存，就是皮之不存，毛将焉附，是吧？在生存方面我是可以妥协的。到今天为止我没有靠写小稿，比如在杂志上写专栏啊之类的，去营生，我没有。偶尔会写一篇，也不会因为应景而写，而且你也知道，这样的文章我为什么用笔名，其实对方要求我用真名，我说不，不用真名，因为我觉得这个东西它更多的是跟生存有关系。到杂志上去发表小文章的目的是什么？这个我很清楚，解决我生存问题的时候，虽然糊口绝不低微、丢脸，但是这绝对不能跟我创作的荣耀混为一谈，不能给我带来任何创作上的荣耀。

李牧：我追求人的一种纯粹性。

陈卫：跟画廊合作也是为了解决生存啊。所以有些艺术家为什么也做设计师呢？为什么也做别的东西呢？设计师也不低微，生存之道，没有高低，职业没有高低，种田都是可以的。我觉得它就是解决生存的问题。总有办法去营生，去拓展自己的能力，我可以用我的另一面去解决我生存的问题，回过来解决我创作上的事情。

李牧：嗯，我们进行下一个问题。

陈卫：“我是一个没有才华的艺术家吗？”对吧？

李牧：对，我为什么会问这个问题？其实也是对自我的一个怀疑。

陈卫：我挺想聊这个话题。首先我自己几乎没有遇到这个问题。我写了二十多年，到现在为止我认为才华对一个做艺术的人来说，对他的最初是比较重要的。

李牧：最初？

陈卫：到他的后面是越来越不重要了。才华这两个汉字，什么叫做“华”，华就是光华，它是很表面的东西，一个人能散发出来的光华。但是中国还有另外一个词叫“才能”，你想想这两个词的对比，一个是“华”一个是“能”，能是指能量，光华和能量。就算一个很有才华的人，如果他的艺术有持续，而且持续往好里面走的话，他也需要做一个非常重要的工作，就是如何把才华转化成才能。就像为什么我们要利用太阳能一样，有光，还要通过人为的各种科技手段来把它转化成为一种能量、能力。光华它是很轻的，很容易吸引别人的注意。而“能量”它是发动机，动的。一个是里面往外面的能量，它是推动的。然后我现在来想的话，我觉得才华它重要吗？重要，对一个做艺术的人来说，因为艺术本来就很需要散发光泽的。但是我现在如实地讲，才华一定不是最重要的，最重要的只有一个东西，就是适合自己。中国当代艺术它能说明很多问题，因为做艺术的人也很多，我认为有才华的人太多太多了，而因为太多的才华，都转变为聪明，而不是转变为才能，变为比才华更轻的东西，更容易浮于表面和刺激别人的东西。中国聪明的艺术家太多，反过来说，最能打动我们的东西其实不是那种浮于表面的，而是那种很实的成分。我没有觉得梵高很有才，从他的文字就可以看出来，写给他弟弟的信没有几个作家的文字有他那么朴实了，那么细致的写房间里面的摆设给他弟弟听，写田野里面的风景，就是他不需要任何极其敏锐的才华去捕捉，去一下子迅速把它描绘下来，他就老老实实，一棵草怎么长的，就是老老实实，但是你有没有发现，这就是他。非常适合他，他就是选用了最适合他的道路在走。我认为他就能走下去，而且他的画我认为也是这样，他很朴实，很实。

李牧：其实你说到这里我突然想到的词是“标准”，是什么让我判定自己有才与没才？是标准，我心里有个标准，如果我心中能打破这个标准，我就不会为有才与没才去判断它。

陈卫：你要相信自己的道路，这个是最最重要的，我不知道你知不知道，在我们身边我们都很敬重，李牧就是一个很独立的人，我们身边没有一个人跟你再像了。既然如此，那就说明你有你自己的一条道路，你最重要的东西不会像我也不会像任何一个人。反过来说还有很多比你更聪明的人，他却没办法做艺术，他沉浸在自己的聪明里。

李牧：我昨天晚上突然提的一个问题：我为什么要来上海做艺术？当然我没有问自己为什么不去纽约做艺术，因为我还没有条件去纽约做艺术。在中国为什么选择在上海或北京来做艺术？那我就觉得……

陈卫：其实你这个反问的背后是不是另一句话："我本来其实也是可以留在苏州做艺术的"？

李牧：对。

陈卫：那你昨天晚上有答案吗？

李牧：肯定有啦。我当时的决定是对的，首先我是对自己有要求的，我想做一个好艺术家，我应该到一个有艺术家、艺术中心、画廊和博物馆都比较云集的地方去，这样我才能够更好地了解到这个艺术是什么，只有了解了艺术是什么之后我才能找到一些坐标来判断自己处在什么位置，该做什么工作。而上海在当时符合我的需求。

陈卫：还是一个普遍规律，仅仅是一个普遍规律，应该说是一个普遍认识吧，其实我认为并不是完全准确的，事实就是那句话，偏执的话，其实你到哪里都能做你的艺术。事实是这样，但是问题就在于，可能你需要一个过程，你来到上海的时候，你可能更会这样认识，当你获得自信、能力以及对艺术的了解之后，你就更会认为，在苏州你也能做你的艺术，肯定是这样。我认为这里面还是跟艺术生存有关系，就是你在当今这个时代做了作品，第一时间肯定是希望有更多的朋友能够知道，能够获得对方的反应，尽管这个反应不是致命的，但他的反应肯定是有作用的，我认为它不能够对艺术本质性的东西构成影响。不过，如果只是我不喜欢那个城市，我干嘛要回去呢，我不喜欢苏州，我在苏州就感到很压抑，对我创作不利，我就没法创作，那我当然有必要离开了，那是无可厚非的。但是我觉得理由也不是在小地方就没法创作。反过来说你也有可能现在再回苏州，你就会觉得在苏州会抑制了你的创作能力，也有可能，但这个原因不是源于你对艺术的认识。这个原因就是你在苏州这个地方就是很……有些艺术家也好，哲学家也好，比如兰波，他经常也回老家，他老家也是农村，在法国，回去帮忙割草什么的，我记得，看书看电影都能看到，但是他那个情况下也能写诗，压力反而给他，给他一种创作，然后他要逃，在去巴黎的路上，又写诗。就这样不断地。

李牧：那我们来谈谈你有没有想要个孩子这个事情？

陈卫：这个非常纠结。

李牧：你也纠结这事啊？

陈卫：嗯，看不出来吧，非常纠结。特别是我觉得 34 岁之后吧，有纠结，我现在都纠结。

李牧：为什么纠结？

陈卫：我的原因呢也是比较奇怪的，比较特殊。

李牧：是你本来不打算要的？

陈卫：我自己还没有非常明确我是否要小孩这个地步，就是因为我们自己，特别是做创作的人，他对生命特别在乎，就觉得生一个小孩子也是一条命，生下来我不可能很随意地对待他，我也不可能像我们的父母对待我们一样，让我们的孩子继续延续我们的生命，我叫你做什么就做什么。其实这种是一种高要求啊，对父母来说是高要求，对不对，你要教育，各种条件都要跟上，能力要跟上。可是我们感到自己的事情才刚起步的时候就遇到这个问题，就很纠结，因为一旦有了小孩……我们也发现身边很多生了小孩的男人，都改变很大。从体型就改变很大，哈哈哈。精神上面也是，他就觉得人一辈子几个大事都完成了，作品都完成了。……当然有的人还是有差别。而且我在创作上面也有洁癖，我有的时候也会反感一个艺术家老在谈他儿子，而且谈得眉飞色舞，很荣耀。我说你作为一个艺术家你最感荣耀的应该是你的创作，你的儿子，什么太聪明了啊太可爱了啊，你说哪个儿子在父亲眼里不聪明？哪个父亲眼里的儿子像个傻逼似的，哈哈。

李牧：我会问自己，我为什么要孩子，不可以不要吗？如果是习俗的力量我就应该反问这个问题，为什么每个人一定都要有孩子呢？我不是要跟习俗较劲，也许我会要孩子，但是我希望我是想明白的，不是因为习俗。这会让我去思考很多问题。

陈卫：你说想明白，我担心你到五十岁都想不明白，特别是关于生命的问题。我在某种很严重很深刻的大问题上面，我很世俗的，我就想到要死的这个问题。虽然有人告诉我死证明了你生过，没有终点怎么让人看到你这个过程呢？你一直在过程当中，但是我在现实这个层面上，现在很多人都安然接受这种东西，我还要慢慢地去体悟，讲明白一点就是说，还不能升起父母给予我们生命而去感激父母的意识。就是生到一种纳闷出来，为什么要生我呢？我不能控制自己的生。

李牧：在这个问题上，佛教思考得是比较多的，就像和父母的关系一样，我觉得是一种缘分。你可能是一个高僧的转世，只是通过父母的身体产生了你，他们养育了你，应该说这只是一种缘分，如果能这么看的话，也许我们跟父母的关系可以看得更客观一些。

陈卫：这种感觉我可以一听，但是不能够给我安慰。

李牧：佛教里面讲到死的问题，我看了一些佛教的书之后，我对死感觉是一件很自然的东西，就像你这根烟你抽完了，你以为这跟烟已经没有了，其实都还在，只是变成灰了，还化成热量了，只不过这个烟的形状我们看不见了。

陈卫：嗯，理解都能理解，但是这个巨大的安慰感还是没有。因为我盼望的就是以固有的，就是我现在的这种方方面面的模样，这种形体，这种思维而存在的，满足于这样的状态。当然这种存在是有变化的，但是这种变化是我可控的，但是死却是你不可控的。

李牧：既然是不可控的，那就由他去吧。甚至说不是老死，我们说可能发生意外死亡都是无法控制的。

陈卫：死这个问题就不谈了，死这个问题很大。

李牧：这个事太大了，那我们可以去探讨一下宗教的问题。

陈卫：我会出家吗，这个题目？

李牧：对，这个问题不是开玩笑的，有人认为这个问题是在耍酷，很多人笑其实也在笑这个问题。我真的很喜欢佛教对世界的思考和认识，因为你信仰佛教，修炼会让你的人改变。在世俗的社会里面，我隐隐约约觉得如果我不出家就可能永远都达不到那种境界。

陈卫：我跟宗教，包括佛教和基督教，也是经常有亲切感。我们到底喜欢宗教的什么？这是我非常想弄清楚的事情。你刚才说到智慧，在我的生活当中我还没有遇到过一个我向往的高僧，没有。都是在书上看到的。反过来，我遇到的和尚我觉得，觉得他们颠覆了宗教，不能说颠覆，就是说拖了宗教的后腿，我觉得他们的悟性，他们的谈吐，他们的仪容，没有一个是我心目当中盼望的高僧那种形象。托尔斯泰说，上帝在我们心中。所以我们到底喜欢宗教的什么？我认为这几个东西，一个就是我们做艺术，我们很喜欢宗教里面的修行，修行它不以艰苦为标尺，而是还要感觉到一种螺帽往螺丝里面旋的，它感到这种艰苦能对得上号，是有力量的。还有一个我想大家都会比较喜欢的就是“悟”。第一个是苦修苦行，第二个我认为就是“顿悟”。去悟，就是那种刹那间灵光一闪。我其实也没有特别去读禅啊之类的。我就是喜欢“佛”这个词，我不喜欢去讲禅，禅这个东西经过日本再传到西方我都认为是一个很时髦的东西了，佛，还带着某一种朴实的内容。

李牧：可能只是你还没遇到。我在玉树遇到卡登活佛，他什么都没说，我就感动了。

进来一个小尼姑找他来看病，看了病之后，他先拿了药给她，之后，把自己钱包里面所有的钱都拿出来塞到尼姑手里。见到牧民他就把车停下来，跟牧民打招呼，那牧民就把头伸过去，他就用他的手摸一下他的头，那种感觉非常好，他可能非常累，但是非常有耐心，最后的时候他把哈达挂在我的脖子上，然后拥抱，他可能非常累了，我感觉到这个人太温暖了，非常温暖，他的眼神疲倦但是闪烁着智慧的光芒，我觉得这不是一个普通的人能够做到的，这非常感人。

陈卫：我觉得宗教也好他都是人为的呀，这里面必须要靠高僧靠伟大的人物，他才能……

李牧：对，就像在艺术圈里面，有人品和智慧都修行非常高的艺术家。所以我会拿艺术和宗教去比较，如果说我不做一个好的艺术家那么我一定要去做一个佛教的高僧。

陈卫：我以前也这样想。

李牧：我今天选择做一个好的艺术家，所以我还是觉得应该顺着这条路走下去。

陈卫：我觉得殊途同归，真的，一个好的艺术家最后就是一个好的和尚，一个好的和尚最后也是一个好的艺术家。

李牧：是一样的，因为一个好的高僧能够给人一种光和热，是一种美好的东西。一个好的艺术家通过他的智慧、他的作品，去给予这个社会更多温暖和爱，所以我觉得做艺术就是在修行。

“进步”与“个性”

时间的意义不能作为历史经验的积累，而只能在微小的人的一生（当然还不是全部的人）体现它虚弱的持续作用，以至于人不能摆脱周而复始的命运，这是我经常回避却最困惑的事。“成长”这个词对人究竟有什么意义呢？当我们常常用“进步”这个虚词嘲笑自身之后，我们是否果真那么洒脱。我们生，我们学习，我们失败，我们吸取教训，我们继续成长，然后我们死。这过程中最重要的是，我们并不能看到我们对于所谓的后人的意义，所谓的后人一切都还是从头开始。当然，那种初尝晨露的感觉，我们谓之“新生”。不错，所谓的艺术和思想以各种记载的方式流传下来，后人们继续“站在前人的肩膀上”对他们进行讨论甚至决斗、扬弃甚至残杀、获得新知（?）甚至兴高采烈，但是现实仍旧不能见出我们比千年之前的人在对人、对世界的认识上有所“进步”；知识和思想对于这些认识的作用实在是太微渺了，尽管它们往往递增我们的错觉。

那么，这一切的意义果真就只是作为我们每个人的一生的所谓“过程”，而非无论是我们个人的一生还是整个人类的“结果”？我们必须承认永远从零周而复始本身的意义，我们才能肯定我们生命的价值。如果是这样，又是谁把人定义为“群体动物”的呢？人委实只有沉浸在他自己一生因为虚幻目标而兴奋的努力中才能感到意义；一旦“进步”必须放弃，人就只可能证明“不同”；人，说到底是最孤独的动物，最追求孤独的动物，最具有孤独属性的动物，最不合群的动物。人，天生是最易残杀同类的动物，因为他需要证明他的“不同”；也只有在这“不同”的证明过程中，他才能体味所谓生命的成功。

写作中的困难也很类似：每个作品完成之后并不能感到积累，前次投入的努力在写新作时没有明显的作用，甚至在前一个作品中已经驾轻就熟的方式，在新作里仍旧又像回到第一次。甚至它们互为排斥，以显示它们各自的所谓“个性”。它们灭杀同类，它们互相抵消，“幼稚”在这里除了无力和生疏之外并没有“新奇”或“勇敢”的“激情”，增加的仍旧只是每次都必须对选择之物进行重新烘焙和把握的劳累。

这并不是对所谓“童贞”状态的渴求，因为人活到一定年岁之后会盼望自己更成人一点，更老年一点，更符合他的年龄应该出现的成熟和宽厚，因为更真实的状态是模糊，而不是清晰。

2005 年

三天与时代

2010 年 1 月 8 日中午，我在临醒之前梦见侯麦死了，在梦里我路过的一家街边露天酒吧在安静地做着一个关于他的纪念活动，但没有电影放映，参与者静默无声，面向他们的前方，仿佛在等待前面某个人接下来的话语或动作。醒来之后我就想：确实，这些年内，我们还有一位老人会去世，也不知道这个活着的世界又将怎样纪念他。

三天后，侯麦死了。我除了相信中国古话所说的“冬梦最准”之外，对侯麦及其逝世本身并无其他感想。他的电影的恒定的质量和风格，以及他在我或我们心目中恒定的印象和地位，决定了我当时的淡然无觉。这么一位安静地持续、差不多近百年如一日的大师，实在地说，死与不死并无区别。直白而庸俗一点说：我没感到他死，他还在安静地持续。

但是几天之后，有一个问题一直断断续续地在我心头萦绕，我在想，那些中国拍电影的人，在知道侯麦去世时都在想些什么？对这样一个拍一辈子电影却几乎在宣传上不做任何努力，但仍然获得无数影迷，甚至无数远在中国的影迷无限崇敬的人，这些中国拍电影的人是怎么想的？

请别误会，我无意对中国电影工作者有所尖刻。其实我在想另一个老问题：时代。以往很多年，我常常有意无视时代以及时代对艺术所可能产生的影响，但是随着年龄的增长，以及现实越来越多地走进视野，“时代”也不断使我认可它的力量，尽管这种认可无疑仍然带着嘲讽和反语的意味。我相信一些中国拍电影的人，倘若有颗面对真实的心，在因为侯麦之死而思考自己与侯麦之间的差距时，也会把它们的原因心安理得地归结为“时代”、“这个时代的这个国度”。这种不可同日而语的时空背景，似乎正是我们陷入迫不得已的虚假狂欢的真正根源。

那么，就绝对存在着完全没有艺术的时代，当时代不适合艺术生长的年份。也就是说，在艺术上，完全存在着某个时代全军覆没的情况。这本是常识，也本不足为怪，但每个当下的艺术家却根本不会相信也根本无需理会。他们每个当下的行动自有其意义和价值：不管有没有艺术，至少存在着“时代的艺术”；甚至，没有“时代的艺术”，更奢谈什么艺术？

“时代的艺术”是一个不准确的、偷梁换柱的说法，更多的情况是“以艺术的名义表现‘时代’”，后者才更准确地道出了问题的症结所在：当我们不断地把原因归结为“时代”，最终我们的作品将只剩下“时代”，所谓的艺术只是借用了艺术的名义而已。……在这些互相攻讦互相反讽的过程中，我们突然发现，事实上侯麦也同样生活在“这个时代的这个国度”，因为商业浪潮席卷的并非只有中国，需要资金的同样不只是中国导演，在那个所谓艺术之都的法国的他，同样不止一次地遭遇商业的压力。这一形象的拨正，似乎微妙地提醒那些无视时代的人：即便安静，你也必须以你的声音表达你的安静。

2010 年 1 月 20 日

态 度

由于真正的阅读在这个时代其实已经死亡或者成为一种无法作为公共准则的私人工作，因此作品内外浮现于表的“作者的态度”，就成为作品流传的最为奏效的口令。这起源于作者的急迫以及随着阅读魅力锐减之后读者的慵懒麻木，以及慵懒麻木的读者仍旧附庸风雅地“以与文学沾边为荣”的本能——这三方面的结合。原本我们对艺术的态度以及各种思考，都须融合、体现甚至是消隐于我们对材料的筛选（过程中的把握和体悟），以及对材料的陈述之中。但是很久以来，有不少的作者更急于在材料和陈述之上事先浮现或者覆盖充满他们嗓音“特征”的结论性态度，这使他们的作品在文学魅力普遍萎靡的今天尚能方便地流传一下的同时，也使他们的作品狭窄地落入“流传口令”的窠臼——不过，看起来这个时代能够为“狭窄”兴奋已属不易。

很明显，大部分在别的场合尤其是关涉这个国家政治体制的场合狂呼“民主”的人，并不需要在艺术上的民主，他们乐于被填鸭。那些“没有态度”也就“没有口令”的作品，把更多的判断权和思考权交给读者，给予读者自由的同时也要求着读者的耐心，但对读者的耐心再作要求显然是这个时代的奢望，“民主的成本”并不低廉。即便是作为一种叙事策略，浮现于作品表层的“作者的态度”对艺术而言仍旧是危险的，而况当下众多作者并非出于叙事策略，更多已是思维和声音的惯性。在今天，“作者”太大太高地耸立于“作品”之上了，不论多大的篇幅，我们仍旧首先看到的是作者而不是作品。更何况由于前面说到的读者需求的合拍，更多的“态度作者”已经把“态度”作为作品的生存策略，因为他们知道他们的“态度”正是这个时代还能被称为“读者”的人所群情激奋的，如今在公共场合高谈阔论的“读者”，与其说他们热爱阅读，不如说他们正是来寻求“态度”；因为很明显，在他们生活的各个时段各个场合，“态度”以及“态度”的衍生物——口令、观点、结论、格言，要比艺术、作品有用得多。

2011 年 4 月 27 日

格言集

1999—2011

孤独产生久违的想念。想念接近灵感。

当代艺术的成立，更多地来自当代艺术的FANS，而不是当代艺术本身。小资，反动的浪漫主义。以艺术的名义的狂欢超过艺术自身。以艺术的名义的狂欢不再是狂欢本身，他们认为聚会的空气里都充满了艺术充满了思想。艺术，与女人更为接近。

小说并不针对一个有欠缺的背景而建立。与其说小说是对凹陷作出尖锐的批评或拔掉尖锐仙人掌上的刺，不如说小说是对真空的一次抚摩并抚摩出情感。小说只是以它自己让读者感到丰满和细腻，感到在原本习焉不察的所在，还可以那样地丰满和细腻，或者：来上一笔。

对距离遥远的作品的阅读容易附加很多杂物。实际上任何作品都是我们身边的人写的。想象一下，如果塞林格是我们身边一个朋友，他的写作对我们有没有意义?！再想象一下，如果卡尔维诺是我的朋友，我也会在适当的时候对他说：不能再完全这样写下去了，太熟练了！可是我们中国很多人经常先戴上有色眼镜，动不动就说一些作者专门模仿国外的谁谁谁，认为我们认定国外的月亮比中国的圆，等等。为什么要有这样的距离呢？影响无所不在随时发生。

所有的作者都并不遥远，分什么国内国外，其实都在身边。小说还是“有了结论”之后的产物。处于结论的过程之中无法写作。呈线性的结论在小说中表现为情节，呈平行的结论表现为意象，如《野餐》、《望远镜》。

作品与娱乐的区别在于前者能唤起读者的创作灵感。

只有当你不再可能得到你最想得到的幸福的时候，你才知道什么叫做幸福。

艺术：没有传统，只有现场。

人的“向恶性”：碗除了一个缺口之外完好无损，最初人肯定是避开这个缺口的，但不知不觉中，人会无数次发现：自己吃着吃着偏偏就停在这个缺口附近。

如果一个人作品写得好，那他的人比他作品的好具有更宽广的好；如果一个人作品写得差，那他的人比他作品的差还要浅薄地差。

艺术原本就无中生有。应该削弱创作者对艺术的需求、欲念。当作者过分需要艺术，艺术就成了作者的工具。艺术只是生活的一部分，就像呼吸。

可以被原谅的（有营养的）缺点和不可以被原谅的缺点。

艺术的小说不是生活经验的汇编，它能给予读者“独立于生活之外”的感觉。

艺术不是为了让人类生存得更好。艺术只追求一个完美的、自给自足的世界。

思考长篇小说的主题，意味着长篇小说的少产。暗示着你在选择过滤以及扫视题材。不过分多地思考主题的作者才显现把写作成为日记的状态。

你在表达孤独时，还并不真正孤独，因为你至少感到还有一个倾听者。真正的孤独是窒息、遏制表达的。

一部电影激起我们重看的原因，不是它的故事，不是它的观念，而是它的语言，氛围，调子，整体性。

重症患者：既不交流病情中最严重的信息，以防打击各自的信心；也不张扬病情中可喜的信号，以防过分欣喜而受到上帝的惩罚。

每当我听见别人在愉快地用方言交流，不自觉地享受方言中特殊的腔调，我才想起自己是个异乡人。

《死家》：生是暂时的，就像旅途；而死是永恒的，就像家。

小用看业绩，大用看品行。

作品把你改变成它要求着的读者。

男作者一般都写他正在相处的女人，女作者一般都写她过去的男人。

深夜一辆轿车缓慢地在楼下拐弯，吃力的声音显出一个圆弧，随即又恢复直线。车轮压翘的窨井盖缓慢地咯噔一声，随即被冷风吹得瑟缩，反衬出车子本身夜归的疲倦和安实。

形势复杂，让人始终处于必须抉择而又难以抉择的处境之下，以至于她或者他自己每次坐飞机都在设想如果此行有所意外则是天意，以此断绝这难以抉择的苦痛不啻为幸运。

“我们的痛苦多么令人费解。”《阿道夫》

对流行词汇的厌恶。比如“喝高了”。以一种时髦的词汇表达朴素乃至严重的状况，不仅降低了其朴素和严重的可信度，而且充满了让人反感的虚伪、夸张和煞有介事。

他一直锻炼，最后也长寿，但实际上此锻炼害了他，不然他会更长寿。

出版肯定首先影响了作品的数量。

胸罩后面勒紧，前面中空。

电灯光胜过蜡烛。

饭店里，一个人问服务员："这种饭盒是用什么材料做的？对不起，我是写作的，我要写到这种饭盒，必须写到它的材料。"

我们不愤怒的重要原因是我们手上的工具失去了魅力；表达愤怒的工具必定是令人骄傲的——比如现在的微博，——而今天的写作作为工具显然已渐趋冰冷和陈旧，用它表现思想和激情都显得跟时代脱节：写作，除了身份更加尴尬之外，其动作本身也是尴尬的。

不因免费而暴饮，不因昂贵而空腹。

我禁言得还不够久。

总觉得出站口那么多等人的人都在看着你。你每次出站都为此害羞。人生就像旅途。但人生只有一次，旅途却可以不断重复。每次挤出出站口，都像重生或者新生。

要玩弄写作并非难事，毕竟它只是一个工具。

那些强调喜欢嘲讽的人，我还没见过谁一旦自己被嘲讽之后还显得很大度而舒坦。

创作者最了解自己的作品，因此也最容易厌倦自己的作品。

别的读者对作品所拥有的陌生感、新鲜感，是作者自身不可能拥有的。

功能优异之物必然外形美丽。

反对天才的人除了庸人，还有天才。

不能让生产垃圾成为惯性。必须让文字出现于接近绝对的必要性。

必须让所有将虚构的内容都成为“已发生”的事情，对“过去”的描述才能做到一马平川肆无忌惮，而把它们置于“未来”“遥想”的层面则增加了描述的困难。

很多人奢谈幽默、放松，并称它们为人生最高境界，其实完全是将它们当作手段方式的附庸风雅的海聊，他们的不懂幽默，他们内心的紧张和苛刻，才是他们隐藏并不深的本质。

一个身躯极其扭曲变形的人打了个哈欠。

他现在才放心世界的一切都在遵守秩序，包括公交车司机。

面对死亡，人和人之间的智商的差别是何其之小。

为什么人生没有意义，就是因为人生很美好，但人还要死。

“我不必选择我没有的东西。”（侯麦《冬》）

最“正常”的艺术，最难理解。

看到历史事件的时间在我们出生之后，我们会倍感亲切。

浑身上下没有一块硬肉。

（某些人）隐秘的又道貌岸然地克制的优越感。

要拥有怎样的知识和见识才能不虚无，才能那样自信以至于著书立说？

最厌恶的不是庸俗的言行，而是庸俗的真理。

上面晴空万里，下面乌云密布。

表演：永远不要想下一个动作。

你表达爱的方式，跟别人并没什么不同。

卖你的整体不如卖你的局部。你的局部比整体的你值钱。恰恰是这么多有用的局部凑成你之后就没用了。

一辆陌生线路的公车上的人仿佛也都长得很畸形。

看菜吃饭：煲仔饭里的腊味看起来很少，但吃到最后一刻总是刚刚好。

情感的无效性：知青四十年后返乡。

在这段时期，他在诸多互相对立的世界观、价值观之间徘徊。

在这个国家，嘲讽具有特殊的功能和意义。

不与对父母不孝对朋友不忠的人合作。但只能做到忠孝或者因为忠孝伤及事业的人也是没有太大能耐的。

如果没有最后，再好的开始也没有意义。

他始终抵制他自己的价值被当下迅速地消费掉。所以他不公开记日记，不公布他最新的阅读、生活变迁以及喜怒哀乐，而这些正是当下大部分人借助网络普及的理由乐于改变的模样。

作家越强调和另一个作家之间的友谊，越代表他的虚弱。自己公开的作家之间的友谊绝对是值得怀疑的。

不准确所达到的准确。

很难一边工作一边享受秋季。

作为幼儿，他想继续扭头看刚才走过去的那个人，但被童车旁他母亲的腿挡住。这一曾经作为人生最低的要求就这样永远被埋葬。

上车前，车票被小心翼翼保存，后来随着旅程的递进，迅速被折叠、失宠。

《红楼梦》：细节尚可，小说艺术一般。

让文化艺术成为中国现实的一部分甚至是很有地位的一部分。让现实接纳文化艺术，而不是让文化艺术脱离不了现实。

文学、艺术为什么不能成为我们的题材？文学同样是生活的一部分，就像宗教一样。

当死亡和病痛来临，仿佛一生所有的日子都是错误。

并非只有过去才是历史。现在也是。

送别之后，我突然发现我变得很凶狠，既然世界可以对我很残忍，我也不再有保持宽容和优雅的必要。突然降临的巨大孤独让我觉得自己像一个早已被世界遗弃的暴徒，得不到一丁点儿的温柔，也不需要奉献一丁点儿的温柔。

中国作家只对揭示和嘲讽主流意识形态中的“真伪”感兴趣，而并非对“真伪的本质”感兴趣。

艺术必须激动人心，必须给人震惊，必须因为对死亡的思考而对观众世界观和价值观产生冲击。

男人厌恶女人不再管他，这是爱消失的标志。虽然充耳不闻，但女人对他温柔的管教使他享有一种秘而不宣的幸福。

小说能否成为诗，取决于作者如何看待小说的功能。当小说的“社会功能”越发强大时，小说就堕落成污浊之物，离诗也就越远；当小说“无用”时，小说就成了诗。

人类能延续，但不能积累。

刚从飞机上下来的人都以为自己来自太空，言行都特别有礼貌。

我们对文学、艺术的态度，必须通过我们对材料的选择，以及对材料客观的陈述来显示，而不是在材料和陈述之上事先浮现或者覆盖着作者的结论性态度。前者要求作者抑制自己的态度，把更多的选择权和判断权交给读者，这是真正的“艺术上的民主”，它给予读者最大的自由，可是也要求着读者的素质和耐心，正所谓民主是需要成本的。而后者，即便是作为一种叙事策略，“作者的态度”对艺术而言仍旧是危险的，而况当下众多作者完全不是出于叙事策略，而是出于对艺术的误解，以及浅薄的理解；如果说有些人涉及到“策略”，那也不是叙事策略，而是生存策略，因为他们知道他们的“态度”正是这个时代还能被称为“读者”的人所群情激奋的。可悲地合拍的是，由于真正的阅读在这个时代其实已经死亡或完全成为一种无法成为公共准则的私人工作，因此如今在公共场合高谈阔论的“读者”，与其说他们热爱阅读，不如说他们正是来寻求“态度”。因为很明显，在他们生活的各个时段各个场合，“态度”要比艺术有用得多。这是一个“态度文学”的时代，或者说“态度时代”。

图书在版编目(CIP)数据

保护才能/陈卫著. —北京:中国长安出版社,
2012.5
ISBN 978-7-5107-0527-4

Ⅰ.①保… Ⅱ.①陈… Ⅲ.①世界文学—文学评论—
文集 Ⅳ.①I106-53

中国版本图书馆 CIP 数据核字(2012)第 103077 号

保护才能
陈 卫 著

出 版 中国长安出版社
社 址 北京市东城区北池子大街 14 号(100006)
网 址 http://www.ccapress.com
邮 箱 ccapress@yahoo.com.cn
发 行 中国长安出版社 全国新华书店
电 话 (010)65281919
印 刷 北京九天志诚印刷有限公司
开 本 880 毫米×1230 毫米 1/32
印 张 8
字 数 160 千字
版 次 2012 年 10 月第 1 版 2012 年 10 月第 1 次印刷

书 号 ISBN 978-7-5107-0527-4
定 价 29.80 元